桑青與桃紅

聶華苓

桑青日記——台北
（一九五七年夏—一九五九年夏） 171

第四部

桃紅給移民局的第四封信 235
桑青日記——美國獨樹鎮
（一九六九年七月—一九七〇年元月） 239

【跋】 帝女雀填海 317

【初版後記】 桑青與桃紅流放小記 319

世紀性的漂泊者——重讀《桑青與桃紅》 白先勇 322

重劃《桑青與桃紅》的地圖 李歐梵 329

聶華苓年表 335

CONTENTS

楔子 5

第一部

桃紅給移民局的第一封信 17

桑青日記——瞿塘峽
（一九四五年七月二十七日—八月十日） 21

第二部

桃紅給移民局的第二封信 95

桑青日記——北平
（一九四八年十二月—一九四九年三月） 103

第三部

桃紅給移民局的第三封信 167

楔子

「我不叫桑青！桑青已經死了！」

「那麼，請問，你叫什麼名字？」美國移民局的人問。

「叫什麼都可以。阿珠，阿綢，美娟，春香，秋霞，冬梅，秀英，翠芳，妞妞，寶寶，貝貝，蓮英，桂芬，菊花。乾脆就叫我桃紅吧！」她穿著桃紅襯衫，肉色三角褲，光著腿，赤著腳。

移民局的人站在她的房門口，黑西裝，灰底黑條領帶，大陰天也戴著墨鏡。兩片大墨鏡遮住了臉上主要的部份：眉毛、眼睛、鼻樑；只露出光禿禿的頭頂，尖下巴，高顴骨，鷹鈎鼻，還有一小撮仁丹鬍。

他從公事包裡拿出一張表格。上面填著密密麻麻的鋼筆字。表格角上有個號碼：（外）字八九－七八五－四六二。另一個角上別著一張女人照片。照片底下的名字是「桑青」。表格有一個項目打為紅勾。那一項是「申請永久居留」。

他指著桑青的照片。「你明明是這照片上的女人。你瞧，桑青左眼下邊有一顆痣，右耳墜上有一個小缺口。你——」他指著桃紅。「你的左眼下邊也有一顆痣，右耳墜上也有一個小缺口。」

桃紅笑笑。「黑先生，你的幻想太豐富了。你看到的全是幻象。我看到的才是真的。你知道我在你身上看到什麼嗎？你是老虎身子九個人頭。」

「請別開玩笑。」移民局的人不動聲色。「我可不可以進來和你談一談？」

「只有一個條件：你絕不能叫我桑青。」

移民局的人走進房，看看四周。「這房間沒有家具。」

「家具是桑青的。我可不要死人的東西，叫收舊貨的救世軍收走了。家具也礙手礙腳的。我喜歡自由自在。」

桃紅推開地板上堆著的衣服、紙盒子、啤酒罐、報紙、顏料、紙片，坐在地板上，拍拍身邊的地板。「請坐吧！」

房間裡到處堆著東西。移民局的人沒有地方可坐。站在房間中央看四周的牆壁。牆上歪歪斜斜寫了許多字。有的是英文。有的是中文。

花非花
我即花

霧非霧
我即霧
我即萬物

＊ ＊ ＊

女生鬚
男生子
天下太平矣

＊ ＊ ＊

誰怕蔣介石
誰怕毛澤東
Who is afraid of Virginia Woolf

＊ ＊ ＊

桑青弒父弒母弒夫弒女

＊＊＊

頭生腿間
陰部生頸上
正常的人

＊＊＊

柯寧斯無線電工廠
警告牌
小心安全第一
超過此處必須戴眼罩
不要跑不要隨便動手
急診處
工作遊樂無論何處無論何時安全第一
電動鏡子電動梳子電動牙刷電動
腦電動人電動風電動太陽電動

月亮電動接吻電動性交電動上帝
電動聖母電動電動電動電動電動
電動生殖器

＊＊＊

一女人於獨樹鎮
單車道開車肇事
原因不詳
姓名不詳

牆上還塗了幾幅畫：
赤裸的刑天斷了頭，兩個乳頭是眼睛，凸出的肚臍眼是嘴巴。一隻手拿著一把大斧頭向天亂砍。另一隻手在地上摸索。旁邊有一座裂口的黑山。裂口邊上有個人頭。

＊＊＊

一個高大的人端端正正坐在太師椅上。金錢豹的臉：金額頭，金鼻子，金顴骨，黑臉膛，黑眼睛，白眉毛，額頭描著紅白黑三色花紋。他打著赤膊露出胸膛。胸膛是個有欄柵的神龕。

神龕裡有一尊千手佛。所有的佛手向欄外抓。佛身還是在神龕裡。

＊　＊　＊

一個赤裸裸閉著眼的女人，腰間繫了個黑色大蝴蝶結，兩條緄子拖到地上。四周撒著玫瑰花。一條小北京狗蹲在旁邊，昂頭看著蝴蝶結上吊著的卡片：桑青千古。

移民局的人站在房間裡，仍然戴著墨鏡，手裡拿著筆和記事本。「我可以把牆上的東西抄下來嗎？」

「你抄吧，我可不在乎。你要調查桑青，我可以供給你許多資料。她的事我全知道。不論她在哪兒，我總是在場的。請問，你到底要調查桑青的什麼罪？」

「這是移民局的機密，我不能告訴你。我能不能問你幾個問題？」

「假若問題是關於我桃紅的，無可奉告。假若問題是關於桑青的，我絕對盡我所知道的告訴你。」

「謝謝你的合作。」移民局的人頓了一下，看看手裡桑青填好的表格。「桑青是哪國人？」

「中國人。」

「哪兒出生？」

「南京。」

「哪年哪月生？」

「一九二九年十月二十六日。」

「你——」移民局的人突然指著桃紅。兩片大墨鏡盯著她。「你生在哪兒？你是哪年哪月生？」

桃紅笑了。「黑先生，你別跟我耍花腔！你以為我會告訴你我也生在南京，我也生在一九二九年十月二十六日，那你就可以證明我桃紅就是桑青。黑先生，你錯啦。我是開天闢地在山谷裡生出來的。女媧從山崖上扯了一枝野花向地上一揮，野花落下的地方就跳出了人。我就是那樣子跳出來的。你們是從娘胎裡生出來的。我到哪兒都是個外鄉人。但我很快活。這個世界有趣的事可多啦！我也不是什麼精靈鬼怪。那一套虛無的東西我全不相信。我只相信我可以聞到、摸到、聽到、看到的東西。我……」

「對不起，桑青，我能不能……」

「桑青已經死了，黑先生。你可不能把一個死女人的名字硬按在我頭上。」

「你們倆簡直就是一個人。」移民局的人的仁丹鬍微微翹了一下。他用手扶正了兩片大墨鏡。

「不對。桑青是桑青。桃紅是桃紅。完全不同。想法，作風，嗜好，甚至外表都不同。就說些小事吧。桑青不喝酒；我喝酒。桑青怕血，怕動物，怕閃光；那些我全不怕。桑青關在家裡唉聲嘆氣；我可要到外面尋歡作樂。雪呀，雨呀，雷呀，鳥呀，獸呀，我全喜歡！桑青要死要活，臨了還是死了；我是不甘心死的。桑青有幻覺，我沒有幻覺。看不見的人，看不見的東西，對於我而言，全不存在。不管天翻地覆，我是要好好活下去的。」

「抽菸嗎？」移民局的人從菸盒裡抽出一支菸。

「好主意！桑青不抽菸。咱們來抽一支菸慶祝桑青的死亡吧！」她自己點燃了菸，躺在地板上，朝天噓著煙子。窗子是開著的。一陣風吹進來。地板上的報紙吹得沙沙響。

「啊——啊——多好的風。」她在地板上和風打著滾。

移民局的人扭過頭，走開去關窗子。

「黑先生，請別關窗子。風要吹，水要流。你是堵不住的。」桃紅解開襯衫扣子，露出胸脯。

「多好的風！簡直就是張小鹿皮！」她手裡的菸落在地板上。

「桑青，請你莊重一點。」移民局的人用腳把菸踩熄了。

「桑——青——已——經——死——啦——我——是——桃——紅——。」

「請你把衣服穿好。」

「就是我穿著衣服，裡面的身子還是赤裸的呀。」

「別開玩笑。我是代表美國司法部移民局來調查桑青的。」移民局的人在風裡打著哆嗦。

「你既然是桃紅，我需要你的合作。請你把桑青的事講給我聽。」

「好。且聽我慢慢道來。」桃紅躺在地板上，頭枕兩手，晃著二郎腿，不住嘴地說下去。她說的是中文。

移民局的人不懂，在房裡來回踱著步子，把地板上的東西踩得沙沙響。他打了幾次手勢叫桃紅住嘴。她仍然用中文不停地說下去。風一陣陣吹來。

「請問，」移民局的人終於打斷了她的話。「我可不可以用你的洗手間？」兩片大墨鏡在鼻樑上溜下去了，露出兩叢濃黑的眉毛。仍然看不見他的眼睛。

「當然可以。」

他再走進房的時候，桃紅敞著胸脯站在窗口，朝窗外淡淡笑著，肚子微微鼓起。

移民局的人拿起公事包走了，連一聲再見也沒有說。

第一部

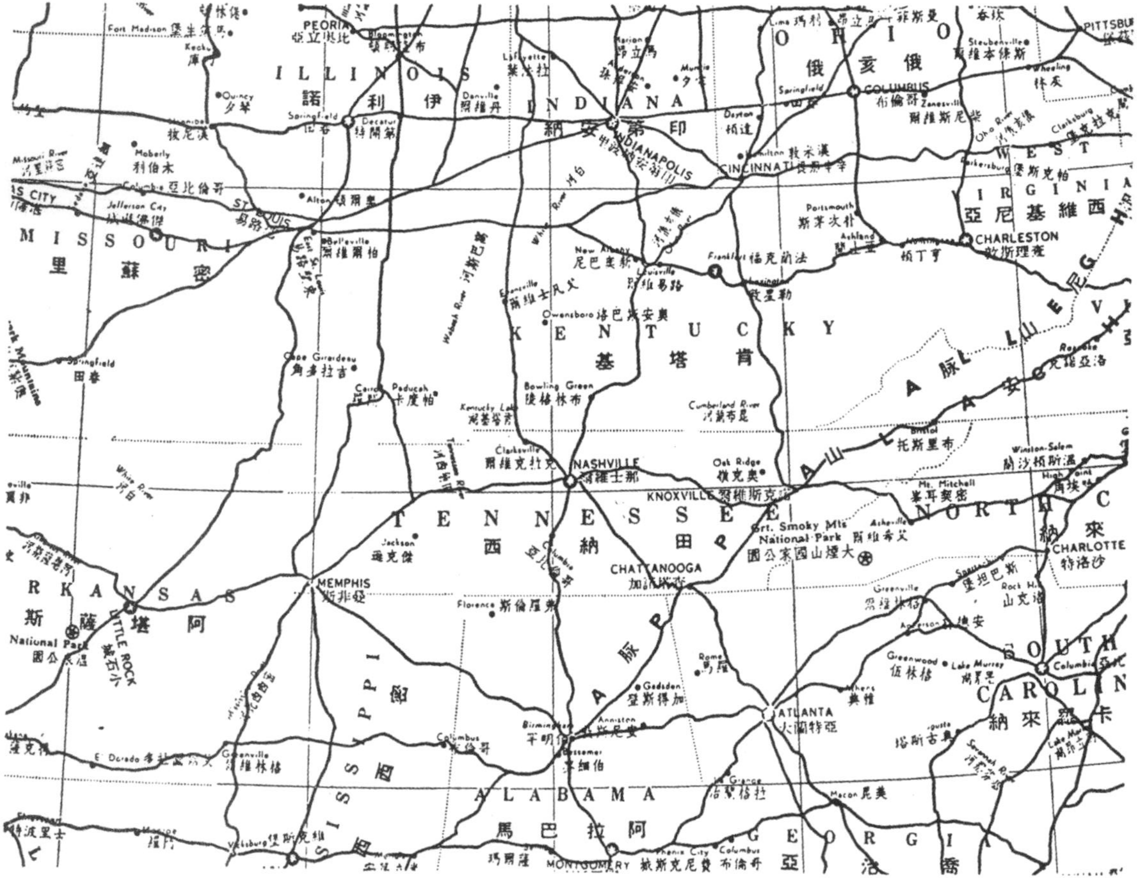

ILLINOIS
伊利諾
INDIANA
印第安納
OHIO
俄亥俄
MISSOURI
密蘇里
KENTUCKY
肯塔基
TENNESSEE
田納西
WEST VIRGINIA
西維基尼亞
NORTH CAROLINA
SOUTH CAROLINA
南卡羅來納
ALABAMA
阿拉巴馬
GEORGIA
ARKANSAS
阿堪薩斯
MISSISSIPPI
APPALACHIAN
PEORIA 皮立奧比
INDIANAPOLIS
COLUMBUS 哥倫布
CINCINNATI
ST. LOUIS 聖路易
CHARLESTON 查理斯頓
NASHVILLE 那士維爾
KNOXVILLE 諾克斯維爾
CHATTANOOGA
MEMPHIS 曼非斯
LITTLE ROCK 小石城
ATLANTA 亞特蘭大
CHARLOTTE 夏洛特
MONTGOMERY 蒙哥馬利
PITTSBURGH
Fort Madison
Springfield
Decatur
Danville
Quincy
Moberly
Jefferson City
Alton
Belleville
Cape Girardeau
Paducah
Evansville
Owensboro
Bowling Green
Louisville
New Albany
Frankfort
Lexington
Portsmouth
Ashland
Parkersburg
Clarksburg
Wheeling
Steubenville
Zanesville
Dayton
Hamilton
Muncie
Marion
Lafayette
Clarksville
Kentucky Lake
Cumberland River
Wabash River
White River
Ohio River
Oak Ridge
Bristol
Roanoke
Winston-Salem
High Point
Mt. Mitchell
Asheville
Grt. Smoky Mts National Park 大煙山國家公園
Jackson
Florence
Columbus
Birmingham
Bessemer
Anniston
Gadsden
Rome
Greenville
Spartanburg
Rock Hill
Anderson
Greenwood
Lake Murray
Athens
Augusta
Columbia
Macon
La Grange
Phenix City
El Dorado
Vicksburg
Monroe
National Park

桃紅給移民局的第一封信

移民局先生：

我就在地圖上那些地方逛。要追你就來追吧。反正我不是桑青。我有時搭旅行人的車子。有時搭灰狗車。到了一站又一站。沒有一定的地方。我永遠在路上。路上有走不完的人。有看不完的風景。一道又一道的地平線在後面闔上了。一道又一道的地平線在前面升起來了。

現在我正在七十號公路上向東走。車速每小時一百里。黑色的旅行車描著紅色大字：反死亡大遊行。

我在聖・路易士搭上這輛車子。我站在路邊看見車子開來了。我招招手。車子停下了。車子裡有各色各樣的人：白人、黑人、黃人。人分不清男女，全披著很長的頭髮。

我和開車人的談話如下：

「喂，你要搭車嗎？你到哪兒去？」

「你們的車子開到哪兒，我就到哪兒。」

「我們去華盛頓參加反死亡大遊行。」

「我去看熱鬧吧！」

「你打哪兒來的？」

「月球。」

「別開玩笑了。你就是奔月的嫦娥嗎？為什麼又回到地球來呢？」

「回來重新開始。首先我要個孩子。人是死不完的。」

「地球變了嗎？」

「更陌生了，也更有趣了。」

「好吧！嫦娥上車吧！」

車子裡很亂，堆著報紙、牛皮紙袋子、可口可樂罐子、紙盒子、香菸頭。車座上堆著大衣、睡袋、氈子、旅行袋。八個人就擠著坐在那些東西上面。加上我一共九個人。我不知道他們打哪兒來的。他們談著世界各地的學潮以及死亡的人：日本、英國、法國、捷克、波蘭、南斯拉夫、美國。最後他們談到反死亡大遊行。他們說那一類的舉動越來越亡命了，也越來越無效。但他們要表示人是不甘心死的。當天晚上的燭光遊行將有四萬五千人參加，從阿靈頓公墓出發。每個人身上掛著一個牌子，每個牌子上有一個越戰陣亡將士的名字，他們將步行四十小時到國會大廈山腳。那兒停著十二口棺材。每個人將把有死人名字的牌子放進棺材裡。

我告訴他們我也要掛個牌子。死人的名字是桑青。

車上的人一個個打著呵欠。談死亡是很沉悶的事。太陽正照在我們身上。陽光裡灑著很細的雪。他們再那樣子談下去，我就要下車了。幸好前座一個女人模樣的人舉起一張彩色大字報：

防核子轟炸須知（華府民防局）警報發出後注意事項：

一、遠離門窗。

二、別碰玻璃杯、瓶子、香菸等。

三、遠離酒櫃、桌子、管絃樂隊、家具以及其他設備。

四、解開領帶、大衣扣，以及其他束縛身體的東西。

五、取下眼鏡，掏出口袋裡一切尖銳物品，如鋼筆、鉛筆等。

六、一看見核子彈爆炸閃光，立刻彎身，將頭夾在兩腿之間。

七、向你的臀部吻別。

你要我把桑青的事講給你聽。今寄上桑青瞿塘峽日記一本。其他的材料將陸續寄上。告訴你，桑青的事，雞毛蒜皮，我全知道；她的想法、感覺、幻覺、夢想、記憶，我也全知道。甚至她自己不知道、不記得的事，我也知道。我和你是可以合作的。但你要記住一點：

我絕不是桑青！她怕你！我可不怕你！只要你不把那死女人的名字硬按在我頭上，我一定供給你許多關於桑青的材料。

附寄上桑青照相簿一本。那是她在抗戰勝利後從重慶回到她老家南京，在一個日本俘虜那兒買來的。

桃紅　一九七〇年元月十三日

桑青日記

瞿塘峽

一九四五年七月二十七日—八月十日

沒有太陽。沒有月亮。沒有天——天和水一樣渾。河裡有條大龍把水攪渾了。大龍有很粗很粗的尾巴，還有數不清的毛臂，東刷一下，西刷一下，把河水刷得好高，好白，好亮，就是在朦朦亮的黃昏也看得見。

我從黛溪的棧房窗口可以看到對河的高山，高得看不到頂——一把很尖的黑劍一直刺上去。天沒流一滴血就死了。峽裡一下子黑了。

河邊一個火把亮起來了。日本飛機炸了半邊身子的輪船還擱在河上，黑黑的像條死牛。河邊幾點燈光也亮起來了。那兒靠著幾隻木船。我們在新崩灘撞壞的木船就靠在那兒修理。

黛溪鎮是一條細細的小鍊子，掛在很高的山岩上。河邊沒有河壩，人一下船就上梯子。就著山岩鑿成的梯子，很陡很窄。我在梯子上爬上來的時候，就不敢抬頭看山頂，一看就會栽到河裡餵大龍了。

火把從河邊跳上了梯子，一顆一顆跳得好高興。過了一會，我才看出是一匹馬在跳；騎馬的人拿著火把。

火把從我窗邊亮過去了。我看見一匹棗紅馬。

我和老史從恩施「私奔」到巴東。（我十六。她十八。她偏偏要我叫她老史！）我們滿以為一到巴東就可以跳上輪船。船一鳴就到了重慶。到了重慶就是咱家的天下了──那是老史的話，她說的時候還拍拍胸。（她用緊身背心把胸脯綳得平平的。其實，她的胸脯像兩個小饅頭。）她還向我保證：「重慶！嘿！好大的城！抗戰中心呀！怕什麼？流亡學生招待所管吃管住，升學，找工作，愛幹什麼就幹什麼！」我們一同在恩施山窪子裡的聯中讀書。我不知道的事老史卻知道！

我們到了巴東，才發現輪船全被徵調運軍火和新兵去了。德國已經向盟國投降了；日本鬼子亡命了，在湘西鄂北又發動大戰了。巴東一時沒有客船上重慶，只有一艘貨船到巫山。我們就坐上了貨船；到了巫山，碰上一條木船運棉紗到奉節。我們又坐上木船。「上有萬仞山，下有千丈水。」坐木船過瞿塘，那才夠刺激吶！

木船在新崩灘就撞壞了；現在擱在黛溪修理。

老史在棧房外面打聽木船什麼時候修好，什麼時候開船。棧房天井裡駐著一批新兵，第二天就要開到第五戰區去。

我坐在窗口把衣服脫了，只剩下胸罩和三角褲。河上的霧撲上來，很軟很軟的毛，一點點濕，一點點涼，搔在身上癢呼呼的。河上很黑，我沒有點燈，什麼也看不見。河邊的幾點燈光也熄了。眼前就是一塊沒有邊的黑布。我就在黑布上畫著玩：

綠汪汪的玉辟邪，兩隻角，兩個翅膀，一個翅膀缺了口，像獸，又像鳥，爬在黑布上。玉辟邪活了，在黑布上動起來了，翅膀一拍一拍的，越拍越大了……

「喂，喂，」

我一轉身，門口黑地裡閃著兩隻眼睛和一排牙齒。

我大叫。

「不要叫，不要叫。我是新抽的壯丁，明天一大早上火線。我只要在你房裡躲一夜。」

我仍然叫著，聲音走了腔，要停也停不住。

我停住的時候，那個人不見了。兩隻眼睛和一排牙齒還在黑地裡閃呀閃的。

叭，叭，叭，鞭子在天井裡抽起來了。

「排長，饒命吧！我該死呀！我這輩子也不開小差了呀！」

紙窗子上現出天井裡人的影子：半截倒吊的身子，頭往上一抽一抽；另一個人抽著鞭子；一堆人頭朝上望。

＊＊＊

「老史，」我頓了一下，望著手裡的玉辟邪，拇指那麼大，一個翅膀缺了口。「我不想到重慶去了。我想回家。」

「沒出息，這一路的驚險把你嚇住了？」

「不是。」

「就是刀山你也得上呀！知道嗎？你偷跑的事現在一定傳遍了恩施城！你回去了還有好日子過嗎？你媽媽也不會饒你呀！她無緣無故都會借酒發瘋，把你的腳後跟打得皮破血流；現在你和我一起跑了。她豈不要你的命！」

「她也不至於那樣吧！我一離開家，就不再恨她了。再說，我還有爸爸。爸爸對我總是很好的。」

「小桑，你別生氣！你爸爸也算個男人嗎？齊家，治國，平天下！你爸爸連個老婆都管不了，由她作威作福，他就戴著一頂綠帽子在書房打坐！那也是男人嗎？無論從哪方面來說，他都不是個男人呀！」老史笑起來了。「你自己說的，你爸爸當軍閥時候打仗傷了要害……」她笑得說不下去了。

「老史，那個沒有什麼好笑的。」

「女兒談談爸爸的生殖器官有什麼關係？」

「我總覺得——」我摸弄著玉辟邪。

「總覺得有罪，對嗎？」

「嗯。我指的可不是爸爸的要害！」我自己也笑起來了。「我指的是手裡這塊玉。我走的時候把它偷走了。爸爸一定好傷心。」

「兵荒馬亂，珠寶也不值錢了。何況還是一塊破玉？」

「這可不是一塊普普通通的玉呀，老史！這塊玉是我曾祖傳下來的。辟邪本是古代墳前的石獸，用來驅鬼避邪。曾祖是個獨子，生得單薄，從小就戴著這塊玉，一直活到八十八。他死的時候囑咐玉辟邪傳給爺爺，不要用來給他陪葬。爺爺也是個獨子，一輩子也戴著這塊玉，活到七十五，又把這塊玉傳給爸爸。爸爸又是個獨子。他把玉辟邪當錶墜子。我總記得他穿一身白紡綢褂褲的樣子：德國金殼子錶在一邊口袋裡，玉辟邪墜子就在另一邊口袋裡，中間吊著金鍊子，和白紡綢袖子褲子一起摔呀摔的。他沒事就把玉辟邪從口袋裡摸出來，捧在手裡揉著揉著，一塊玉都給他揉活了。我望著他那樣子揉的時候，你猜我想到的是什麼？」

老史沒有說話。

「我想的是曾祖死的樣子！怪不怪？我從來沒有看見過他。他身穿黑緞子長袍馬褂；頭戴黑緞子瓜皮帽，帽頂有個朱紅小墜子；腳上是千層底的黑緞子鞋；方頭大耳，長下巴，濃眉毛，閉著眼睛躺在朱紅棺材裡。玉辟邪就捏在他手裡！」

「現在你弟弟又是個獨子，將來你爸爸要把玉辟邪傳給他了，也沒有你的份呀！」

「就是嘛！我碰都不准碰！我小時候傷心得哭了好幾場。那時候還沒有打仗，我們家還住在南京。媽媽從爸爸口袋裡把玉辟邪拿走了。她說桑家傳宗接代的玉應該歸她保管，爸爸把玉拿在手裡那樣子玩法，總有一天會把玉砸壞。她把玉辟邪拿去鑲了個別針。我就愛那些玩意兒，你知道。我總想把別針別在自己衣服上。有一天，我看到別針放在媽媽梳妝台上。我的手剛碰上去，媽媽就叭的一下打過來；我的手就把玉辟邪掃到地上了，一個翅膀摔缺了口。她把我關在堆破爛的閣樓裡。」

「閣樓裡好黑。我跪在地板上哭。博浪鼓崩咚崩咚響起來了。我不哭了，從地板上爬起來。窗子外面是下面一層樓的屋頂。我從窗口爬出去，站在屋頂上找博浪鼓。貨郎兒從對面街上的路燈底下走過去了；博浪鼓也不搖了。我從窗台上拿起一個破花瓶向貨郎兒打過去，連忙從窗口鑽進了閣樓。貨郎兒在街上媽呀娘的大罵。我跪在地板上樂得格格笑。突然，閣樓的門打開了。」

「媽媽站在門口，背後有一條很窄的樓梯，好黑好黑，樓梯成了個黑影子。她一動也不動地站在門口，敞著衣服領子，露出頸子上一道很粗的紅印子。玉辟邪就別在她的大襟上！

我就默默唸著爸爸教我的〈兒歸行〉：

兒歸兒歸，兒胡不歸，而以鳥歸？

鳥鳴山中聲愴悲。

〈兒歸行〉裡的後母虐待前娘的兒子，她自己的兒子就變成了鳥。我認為媽媽也是後母；弟弟是後母的兒子。〈兒歸行〉就是符咒，只要我一唸〈兒歸行〉，弟弟就會變成鳥。我心裡想：總有一天，我會把玉辟邪砸碎！」

「現在你又想把玉辟邪送回去了！」

「嗯。」

「小桑，我認為你偷得好！賠了夫人又折兵。你家是賠了女兒又折玉。痛快！你媽媽受了這個刺激，也該反省一下，做個好女人了！」

「我們的船修好了嗎？」

「還沒有。」

「天啦！等到哪天為止呢？」

＊＊＊

黛溪只有一條街，一條石板路在山岩上爬上去，兩旁全是做水上生意的鋪子：賣繂繩的，賣燈籠火把的，茶館，小飯館，雜貨店。我和老史在小飯館吃擔擔麵。老闆娘聽說我們的木船在新崩灘上撞壞了，船修好了就要開到奉節去，她嘖了幾聲。

「新崩灘還不算險呀！再上去還有黃龍灘，鬼門關，百牢關，龍脊灘，虎鬚灘，黑石灘，灩澦堆。有的是枯水灘；有的是洪水灘。枯水灘逢枯水險；洪水灘逢漲水險。逃過了枯水灘，就逃不過洪水灘；逃過了洪水灘，就逃不過枯水灘……」

老史把我從飯館裡拉出來了。

「我知道，小桑，你再聽老闆娘講下去，你就不會上船去重慶了。」

「我真的不想上船了；我要想辦法從旱路回恩施去。」

老史長長嘆了口氣：「小桑呀小桑！既有今日，何必當初？」

「我不知道外面是這個樣子。」

「好吧！你回去吧！我一個人上重慶！」她頭一扭就走了，沿著石板路向上爬。

我只好跟著她走。我們爬到石板路盡頭就停住了。那兒有一個吊橋；過去又是一重重的山；下面是個很深的山谷；山谷裡有條溪；水流得很響，我們站在山上也聽得見水打石頭的聲音。溪裡有許多大大小小的石頭。六七個光著身子的孩子在溪裡玩，有的在石頭上跳來跳去，有的站在石頭上用小石子打水漂，有的在游水，有的在釣魚。一個孩子坐在石頭上吹笛子，吹的是〈蘇武牧羊〉。河上的霧很大。對河的山一大半在霧裡；只剩下黑黑的劍梢插在天上。

「怎麼樣？過橋吧？」流亡學生在我們背後走來了。

他剛從淪陷區跑出來，和我們一道在巫山搭上木船，要到重慶參加遠征軍。他和船伕縴伕一樣打著赤膊，亮出他又黑又壯的胸膛。我們還沒有談過話。我卻夢見過他。我夢見我生了個孩子；他就是孩子的爸爸。我醒來時候兩個奶頭還是癢癢的；孩子吮著奶頭大概就是那樣子癢法，癢得要人把奶頭吮一下。我又夢見過他一次：江邊一個火把亮了，照著一頂花轎在筆直的石梯子上抬上來。花轎在我窗前停下來了。我跑出去掀起花轎的門簾子，坐在裡面的竟是流亡學生！我把那夢講給老史聽，她笑了一陣，突然停住了。她說夢人坐轎，人就會死；轎子就是棺材。我說糟了，我們還要和他一同坐船過瞿塘呢。

「我在茶館喝茶，看見你們小倆口在這兒看橋。」流亡學生說話了。

「你好像總是在我們後邊盯哨。請問，你到底打什麼主意呢？」老史把兩隻手插在黑布西裝褲袋裡。把她那一頭短髮向上一摔。

「你這人！我好心沒好報！我跑來是想侍候你們兩位小姐過那個破吊橋呀！你看那吊

橋，幾根鐵鍊子吊著幾塊朽木板。我剛才一個人過去了一趟。真險！走到橋中間，木板裂得咯吱響。下面的水轟轟轟的；人一掉下去就完了！」

「那也是你自己找死！」

「請問，史小姐，我哪點得罪了您？」流亡學生笑著。

「對不起，我的名字叫史——丹——。歷史的史——；丹青的丹——。」

「好，史——丹——。對吧？我得和你交個朋友。」

「我哪？」我說話了。

「你——嘛！」他笑著望著我。「我還不知道你名字呢！史丹喊你小桑小桑，肉麻兮兮！」

「我也不要你那樣子叫我！天下只有一個人叫我小桑。你就叫我桑青好了。」

「好，史丹，桑青。這個吊橋你們一定要過一趟。剛才我過了一趟，因為我想到一條吊橋的故事。每個人過那吊橋的體會也許不同。我是要去體會一下，一個人吊在那麼一條原始的橋上到底是什麼滋味？」

「到底是什麼滋味呢？」

「一個人吊在那兒，上不著天，下不著地，四面是黑壓壓的山，下面是轟轟的水。你和這個世界沒有任何關係了。你從開天闢地就吊在那兒的。你就會問自己：我到底在哪兒？我到底是什麼人？這兒還有別的人嗎？你要找肯定的答案，就是為了那個去死你也甘心的。」

流亡學生用樹枝在地上畫了兩根很長的細線，搭在兩個山頭上。

＊＊＊

「轟——」山谷裡一把火花直向我們衝上來。

「好哇！」山谷裡的孩子們拍手大叫。

「喂——」流亡學生向他們大叫。「你們炸死了人可要賠命的呀！」

老史把他胳臂拉了一把。她說棧房老闆告訴她，那群孩子誰也不敢招惹。他們一共十一個，全只有十三、四歲，住在吊橋那邊的林子裡。誰也不知道他們打哪兒來的；只知道他們全是孤兒，沿江討飯，走一陣歇一陣，要走到重慶去抗戰救國。他們殺人不眨眼。巴東有一個撐船的人死了，溪邊沒有渡船，又沒有橋。那群孤兒就撐船渡人。有個過渡的人得罪了他們，他們就在船上燒起悶香，把那人悶昏了，拖到林子裡切開肚子，在肚子裡裝進鴉片煙，把人放在棺材裡。他們就裝著出殯走私鴉片煙到巫山去。

孩子們仍然在河裡笑著罵著叫著。吹笛子的孩子爬上山了。他赤裸的身子只圍了一小塊花布；布破成了一條條的縋子；胸前用紅線吊了個哨子。他跳到吊橋上，不從橋上走過去，偏要揪著垂直吊著的鍊子，在一根一根鐵鍊子上蕩過去；笛子橫著銜在嘴裡。他蕩到橋中間，一隻手揪著鐵鍊子，一隻手拿下嘴裡的笛子，向山谷的孩子長長吹了一聲哨子，然後大叫：

「龜兒子！要開同樂晚會啦！」

「就來啦！釣魚打牙祭呀！」

他又揪著鐵鍊子蕩走了。破布縋子在他身上飄了起來。

山谷的孩子爬上來了。一個個跳上了吊橋，也揪著鐵鍊子向對岸蕩過去了。他們也全光著身子，腰上圍了一小塊破布。天快黑了。霧大起來了。他們蕩著蕩著，在霧裡蕩走了。

「喂，是好漢，在鍊子上蕩過來！」孩子的聲音從霧裡對著我們叫出來。

「好，來了！」流亡學生跳上橋，也揪著鍊子蕩走了。

「走吧！我們總不能示弱呀！」老史向我說著頭一擺，就走上吊橋。

我跟著她走上橋。橋下的水叫得更響了。橋也搖得更厲害了。我兩手扶著橋欄站住等橋停下來。

流亡學生揪著鐵鍊子轉身大叫：

「不要停！走呀！你停不了！橋搖得快，你就走得快！你的腳步和橋的擺動配合起來就好了！」

我又扶著橋欄向前走。人搖橋，橋搖人。我越走越快。山，水，光身子的孩子，流亡學生，老史，全攪在一起了，有時重疊，有時交錯。我要停也停不了，最後跑了起來，跑到對岸，橋還在那兒搖擺。

＊＊＊

謝天謝地，船終於修好了。我和老史唱著〈松花江上〉跳上了船。十二個船伕搖槳，船老闆掌舵。船上還有六個人：老先生、桃花女和她的孩子、老史和我，還有那個倒楣的流亡學生。

＊＊＊

我們在虎鬚灘上活過來了。

＊＊＊

灩澦冒石，黑石下井。我們在黑石灘上活過來了。

＊＊＊

木船在峽裡向上水走。一邊是白鹽山，一邊是赤岬山。兩邊的山柱往天上衝，好像要在天上會合了，只留下一條很窄的青天帶子。太陽在中午晃一下子就不見了。太陽照在山岩上又白又亮，好像用小刀子一刮就會掉下鹽來。河上的霧就像鹽，我伸出舌頭舔舔，又沒舔著什麼。江水從天上倒流下來，船在水坡上往上爬，爬上水坡，前面又堵著一座大山，好像沒有路了，左一轉，右一轉，又轉到大江上了。

船老闆說每年六月漲水的時候，那一帶根本沒有上水船。今年六月還沒有漲水，是我們的運氣好。雲行南，水漲潭；雲行北，好曬麥。現在雲向北移，等著水生骨頭吧！

船就要到白帝城了。過了白帝城只有十里就是目的地奉節了。

十二個船伕在船的兩邊搖著槳，哎——嗬，哎——嗬，喘著氣唱歌似的，黑汗在赤膊上流，把白布褲子也流濕了，緊緊貼在腿子上；腿肚鼓起像槌子。

「船客小心！快到黃龍灘啦！」船老闆在船頭大叫。「請船客不要出艙！不要站！不要走動！」

一排縴伕拖著我們的木船上灘了。他們有時在山岩上走，有時在岸邊水裡走，縴繩從背後搭在肩上，肩上墊著布，兩手拖著胸前的縴繩，身子越彎越低，一面走一面嗨唷嗨唷唱著，和船伕哎嗬哎嗬一起一落。他們唱的又快樂又痛苦。整個山谷也唱著，好像要幫著他們把船從灘上拉過去。沒有用。灘上的白沫翻著翻著，一大篷白浪就翻起來了，亡命向木船撲下來。這時候，縴伕船伕全不唱了。船伕扶著槳定定望著撲來的大浪；縴伕就用整個人去拖縴繩，弓著身子，彎著腿，頭向天仰著。拖著拖著，人就釘在山岩上了。船就釘在灘上溜溜直轉。桅桿上繫著的縴繩崩崩響。

鼕——鼕——鼕——

船老闆打著鼓。

也沒有用。人仍然弓著身子彎著腿朝天望著。船仍然在灘上溜溜轉。一個大浪過去了，又來了一個大浪。船還是釘在那兒轉。鼓鼕鼕打得更急了；船轉的更快了，好像是鼓打著船轉。

崩的一下，縴繩斷了。

縴伕們站在山岩上朝著江水大罵。

船顛上一個浪頭，搖晃了幾下。就像脫韁的野馬一樣衝下去了。

咔喳一下，船猛然停住了。

鼓停了。

縴伕的罵聲停了。

木船擱在一堆石頭上了。

＊　＊　＊

擱淺第一天。

兩排石頭冒在水上，像兩排牙齒，有的是白色，有的是黑色。我們的船就在兩排牙齒縫裡擱得穩穩的。牙齒四周有許多漩渦。我們站在船上向漩渦扔一根筷子，一旋就給吞進去了。漩渦外面的江水蕩蕩地流。一隻隻下水船流走了，在山岩腳下一轉彎就不見了。

縴伕們又拉著別的船上灘了。船在灘上掙扎過去了。縴伕坐在山岩上一個小土地廟旁邊抽旱煙袋。

「他媽的！為什麼我們的船過不了灘！別的船都過去了！」流亡學生在船頭向岸上的縴伕揮手大叫。「喂——」

船和縴伕之間轟起一陣大浪。

「喂——」

沒有反應。

船伕們蹲在船頭望著他。

「喂！艙裡的船客都出來呀！」流亡學生向艙裡大叫。「我們不能困在這兒等死呀！出來商量個辦法吧！」

桃花女抱著孩子出艙了。她上船那天穿著一件桃花衫子，敞著領子，大襟扣子也不扣，好像隨時要脫衣服的樣子。我和老史就叫她桃花女。

老先生也跟著她出去了。

我和老史從艙裡鑽出去的時候，流亡學生拍了個巴掌。「好！全體船客到齊了！我們必須向岸上來個集體喊話！灘的聲音太大了！」

老先生咳了一陣子，咳出一泡濃痰，呸的一下吐在江裡。「對不起，我只能作喊話狀助陣，我可不能大叫。」

「你肺裡有毛病嗎？」流亡學生問。

老先生翹子一翹。「胡說八道！我這麼咳咳嗆嗆二十幾年了。從來沒人敢說我有肺癆！咳！」他狠狠又咳了一泡痰吐在江裡。

「喊就快喊吧！」我說完就向岸上的縴伕叫了起來。「喂——」

「喂——」老史跳起來和我一起叫。

「喂——」沒有反應。老史從甲板上拿起一個破碗向岸上扔去。「龜兒子！聾了嗎？」碗在石頭上打碎了。

桃花女坐在船板上，抱著孩子餵奶。孩子吸著一個奶，手在另一個奶上拍拍打打，配著吸奶的嘖嘖聲，好像給自己打拍子，又像是要把奶拍出來——一滴一滴，滴在孩子胖嘟嘟的臂膀上。桃花女就讓奶那樣子滴下去。她笑著說：「別的我不行。我們鄉下人就會大喊大叫。嗨——喲——」

「嗨——喲——」山也叫起來了。

岸上的縴伕果然聽見了，轉身望著我們的船。

「唱！唱！別停！」老先生向桃花女招手：「你一叫就像唱歌一樣！你不唱他們就不理咱們了！」

「嗨——喲——」

「嗨——喲——」

「放——竹——排——呀！」流亡學生叫了一句。桃花女、老史、老先生和我跟著叫。

「放——竹——排——呀！」

「放——竹——排——呀！」大山開玩笑地學我們叫。

岸上的縴伕向我們搖頭擺手。

「那——伊那——呀——」

「那——伊那——呀——」

「砍——竹——呀！」我們一起指著山上的竹子。

「砍——竹——呀！」

縴伕們又搖頭擺手。

「呀——那——呀——那——呀——」

「呀——那——呀——那——呀——」

「砍——竹——編——竹——排——呀！」

「砍——竹——編——竹——排——呀！」

縴伕們根本不理我們了。船伕們蹲在船頭吃飯了。

「竹排有啥子用？」船老闆說。「四面八方都是灘！竹排過不來呀！」

「我們這條船怎麼衝過來，擱在這兒的呢？」

「命大！」船老闆說。

「大難不死，必有後福！」老先生說。「再向岸上唱吧！」

「嗬——嗨——呀——」

「嗬——嗨——呀——」

「報——告——縣——政——府——呀！」

「報——告——縣——政——府——呀！」

兩個縴伕在山路上向上爬。

「好，那兩個人去報告縣政府去了！」老先生說。「再唱吧！」

「你就會發號司令！你自己又不放聲叫！」流亡學生說。

「算了吧！」老史說。「生死關頭，不要鬧內鬨。」

「嘿——那喲——嘿——」

「嘿——那喲——嘿——」

「派——救——生——艇——來——呀！」

「派——救——生——艇——來——呀！」

山路上走著的兩個縴伕停住了，轉身朝我們望。

「好，他們答應了。」老先生說。「再唱一遍吧！」

「那那——路——啊——」

「那那——路——啊——」

「派——救——生——艇——來——呀！」

「派——救——生——艇——來——呀！」

兩個縴伕又轉身向山上爬去了。

又有幾個縴伕也站起來走了。

「我在三峽撐了一輩子船，只看見打翻的船，從來沒有看見過啥子救生艇！」船老闆叭叭抽著旱煙袋。

一條木船在浪上顛來了。

「那——那嗨——喲——」

「那——那嗨——喲——」

「救——命——呀——」

「救——命——呀——」

那條木船迎著另一個大浪跳上去了，在浪頭上晃了幾下，吱的一下溜下來了。

「奉節有空襲警報啦！」那條船上的人向我們叫。一叫完，船就溜過去了。一轉彎就不見了。

一隻輪船從上游開下來了。

「我有個好主意！」流亡學生說著就跑進艙裡去了。

他出來站在艙口把一件桃花衫子的領用下巴壓在胸前，拾起一隻袖子，在衫子腋下輕輕搔著搔著。衫子的胸部給風吹得圓鼓鼓的。

桃花女格格笑。「死鬼！搔得我渾身直癢！」

流亡學生拎起桃花衫子向我們揮了一下。「我就用這件花衫子做指揮棒，大家一起來唱歌吧！輪船老遠就可以看見這件花衫子，就可以聽見我們的歌聲了。唱吧！起來，不願做奴隸的人們！……」

「喂，喂，別忙！這種新時代的歌，我可不會唱！」老先生說。

「那就唱一首老歌吧！鳳陽花鼓！」我說。

「好！」老史跑過去拿起鼓槌，鼕鼕敲了幾下大鼓。

我們一起唱著。

左手鑼，右手鼓，
手把著鑼鼓來唱歌，
別的歌兒我也不會唱，
祇會唱個鳳陽歌！
唱一唱來，伊呼呀呀嘿！

流亡學生揮著桃花衫子。老先生用筷子敲銅臉盆。我用兩根筷子摔蓮花落。老史打鼓。桃花女抱著孩子一邊唱一邊扭來扭去。

輪船溜到我們對面了。

「擱淺了！救命呀！」我們突然停住歌唱，一起大叫起來。「擱淺啦！救命呀！擱淺啦！救命呀！」

輪船上的人靠著船欄望著我們。兩三個人向我們揮揮手。船吱的一下溜走了。

水打著石頭轟轟響。

「腳底下人！唱也沒有用呀！」船老闆仍然叭叭抽著旱煙袋。「就是輪船也不敢過來呀！現在只有一個辦法：撐船的人分成兩班，日夜輪流值班看水位，隨時準備掌舵。水一漲過石頭，船一漂起來，掌舵的人把舵掌穩，船就會順著水漂下去了。水漲起來了，要是沒有人掌舵，船就會衝到那些大石頭上，我們就都完了。」

木板，簍子，盆子，箱子，還有許許多多東西，在江上漂下去了。

「上頭的灘又有船打翻了！」船老闆望著冒在水上黑黑的蚌齒。「下雨就好了！下雨水就漲了，水漲我們就得救了！」

岸上燃起了一堆野火。

天黑了。

＊　＊　＊

擱淺第二天。

太陽照在牙齒一樣的石頭上。牙齒四周的江水開水一樣翻滾著。

「竹篷子乾得響啦！」船伕在船頭說。

＊　＊　＊

竹篷子就是我們的船艙，矮矮弓形的頂，兩邊有兩排木板舖。船伕占船頭的一半；那一半總是空著的——他們日夜在甲板上。船客占船尾的一半。我們日夜就在舖上過日子。老先生和流亡學生在一邊；我、老史、桃花女在另一邊。「男生宿舍」和「女生宿舍」之間隔著很窄的走道。老先生說船上人擦人，簡直不能「男女授受不親」；因此，男人不准打赤膊；女人不准敞胸露背。他自己的竹布褂子，一排扣子扣得整整齊齊的。流亡學生可不聽那一套，永遠打著赤膊；桃花女也不聽那一套，永遠敞著大襟露出一塊白胸脯。老先生把水煙袋筒子打得夸夸響。「你們這些年輕人！」

老先生在船尾的艙口坐了一天了，一直望著岸上的小土地廟，捧著沒有煙絲的水煙袋，偶爾咕咕嚕嚕抽幾口空煙。

流亡學生在只容得下一個人的走道上走來走去。

我、老史、桃花女坐在「女生宿舍」望著艙外的水。

「喂，流亡學生，你走了半天了！數到一百了嗎？」老史說話了。

「……九十七，九十八，九十九，一百。好，史丹，輪到你來散步了。」

老史在走道上走來走去。

沉默。

「……九十五，九十六，九十七，九十八，九十九，一百。我要讓位了！小桑，輪到你來散步了。」

我在走道上走來走去。

沉默。

「……九十三，九十四，九十五，九十六，九十七，九十八，九十九，一百。好，桃花女，輪到你了！」

桃花女抱著孩子在走道上走來走去。

沉默。

「漲啦！漲啦！漲啦！漲啦……」老先生突然小聲說著。

「漲啦？水真漲啦？」我和老史從鋪上跳下來，跑到艙口，搶著伸頭往外看。

「誰說漲啦？」老先生把水煙袋的筒子夸夸打了一下。

「您不是說漲了嗎？」

「大驚小怪！水漲了我還守在這兒嗎？就是沒漲，我才唸叨呀！今日早上那小土地廟就在水邊兒上。看著看著水就要漫上去了。現在那小土地廟還是安安穩穩地在水邊兒上！七月是瞿塘漲水的季節。現在正是七月半，瞿塘的水還沒有漲！咱們就這樣子困在這個百牢關啦！」

「喂，我數到一百零五啦！」桃花女笑著。

「歸你讓我了！」流亡學生從鋪上跳下來，在走道上來回走著。「百牢關！那個名字就叫人洩氣！喂，船老闆！」他向船頭大叫。「百牢關離白帝城還有多遠呀？」

「撐船的人就從來沒聽見過啥子百牢關！」

「這地方叫什麼名字呢？」

「這地方靠近黃龍灘，啥子名字也沒有！你愛叫啥子就叫啥子！」

「就叫它牙齒關吧！」流亡學生小聲自顧自說，仍然在走道上走來走去；突然又大叫起來。「船老闆，這地方到底離白帝城有多遠呀！」

「只有幾里路呀。再上去就是鐵鎖關，龍脊灘，魚腹浦，再就是奉節了！」

「船老闆，這兒看得見白帝城嗎？」老先生問。

「看不見，赤岬山擋住啦！」

「看得見白帝城就好啦！」

「老先生，」流亡學生笑了。「看得見白帝城也沒有用呀！我們還是一樣擱在這兩排牙齒上呀！」

「看得見白帝城就看得見人煙啦！」

「自從船擱淺以後，我們也看見過人的呀！縴伕，木船上的人，輪船上的人，他們全救不了我們。」

「我坐在這兒一整天了，岸上連個鬼影子也沒有！」

「好！」老史從艙口向外看。「有條木船來了！」

我們五個人一起湧到船頭。

木船上的人向我們揮手叫著什麼話。水打在石頭上的聲音太響了。我們聽不清他們叫的什麼。

「『大批』？」

「『來了』？」

「一定是『大批救生艇來了』！」

「一定是『大批救生艇來了』！」

那條船在江上溜走了。

「大批救生艇？大批日本飛機來啦！」船老闆說。

所有的人都鑽進艙裡！

遠處有隱約的隆隆聲。

「這不是日本飛機，是打雷。」

「對！是打雷。要下雨了。」

「下雨就漲水了。」

隆隆聲大起來了。高射砲也響了。機關槍打在水上吱——吱——冒著氣。果然是日本飛機！

老史趴在舖上，蒙著被子，連連叫著：「小桑！小桑！快躲到被子裡來！」

流亡學生把我一把扳在地上，趴在我身上。我和他本來都站在走道上。我們身子貼著身子。他打著赤膊。我聞著他胳肢窩的體氣。老史的胳肢窩也是那樣的氣味——羶氣加上汗氣，但從他身上發出來就叫人心跳。我也感覺到他胳肢窩的毛。難怪媽媽喜歡有毛的男人——我從她房門外面走過聽見的。流亡學生胳肢窩裡一大叢黑毛（我想一定是黑的！）搔在我臂膀上，日本飛機我也不怕了。

飛機飛遠了。

我們從地上爬起來的時候，老史坐在舖上。她狠狠盯著我們。

「剛才過去的那條船在轉彎的地方翻了！」船老闆在船頭說話了。

「人呢？」流亡學生急急的問。

「全死啦！有的淹死了！有的日本機關槍打死了！」

「全世界的人都該死！」老史望著流亡學生。

我回到「女生宿舍」。老史反著一隻手搔背。

「我給你搔！」我把手從她背後伸進她襯衫裡，在她背上搔著。

「好，再往上一點，靠近胳肢窩。」

我搔著她胳肢窩和背部相連的地方。

她格格笑。「癢死了！輕一點！哎喲！癢死了！」

她胳肢窩只有稀稀幾根毛。

流亡學生在走道上走來走去，突然抬起頭說：「上有日本飛機，下有瞿塘峽！多少船翻了，多少人死了！船翻了沒人管，人死了也沒人管！這簡直是把人命當兒戲！」

「請問，」老先生說話了。「我不懂你的話。誰把人命當兒戲呀！」

流亡學生楞了一下。「誰？政府呀！」

「幾千年了，三峽就是這麼個險法，政府又有什麼辦法呢？」

「現在可是二十世紀呀！老先生！你聽見過有一種叫直升飛機的新發明嗎？只要有一架直升飛機就可以把我們這一船人一下子全飛走了！三峽這種地方應該有三峽救濟站呀！我們一到重慶就應該聯名在報上抗議！我們有資格抗議！我們就是峽裡的犧牲者！」

桃花女坐在舖上笑了。「聯名抗議！我連自己的名字也不會寫呢！」

「我代你寫！」老史說著望了我一眼。我把手從她的襯衫裡抽了出來。

「女子無才便是德！」老先生坐在舖上搖頭擺尾，說完咳嗆得直喘氣。

我和老史抿著嘴笑。老史咕嚕著：「報應！」

流亡學生望著老先生搖搖頭，然後轉身對桃花女說：「我把你名字寫在紙上，你天天照著描，到了重慶，你也會寫自己名字了！」

「算啦！算啦！麻煩死啦！」桃花女把手一招。「我就打個手印吧！到了重慶，我男人也可以代我寫名字了！」

「到了重慶，我一定要在泥地上打個滾！」老史說。

「到了重慶，我一定要在大街上走它三天三夜！」我說。

「到了重慶，我要在山上跑它三天三夜！」流亡學生說。

「到了重慶，我要打三天三夜麻將！」老先生說。

「嗨！好大一條魚！」桃花女望著一條大魚從河裡跳到甲板上。

「好兆頭！白魚跳舟！」老先生大叫：「咱們準可活過這一關！」

艙裡五個人全轉身看岸上的土地廟。

土地廟仍然在水邊兒上。

「有廟，沒有人敬香，倒不如把它砸掉！」流亡學生說。

「你說這話就該遭雷打！」老先生翹著鬍子。「魚呢？剛才那條大魚呢？」

「船伕把它放在水桶裡了，明天殺了吃鮮魚！」

「不可吃！不可吃！那條魚絕不可吃！」老先生走到船頭，兩手從桶裡捧起魚，跪在船邊，手像兩片蚌殼似地張開了。

魚溜到江裡去了，噗通一聲，閃了幾下就不見了。

老先生仍然跪在船邊，兩手仍然像蚌殼似地張開，手掌朝天，好像向天祈求的樣子。

＊＊＊

「開飯啦！」船老闆在船頭叫。「對不起！從今天起，飯要定量分配了！一人一餐一碗飯！」

河裡兩排牙齒咧得更開了——石頭也餓了！

＊＊＊

「一碗飯還填不了我的牙齒縫！」流亡學生把筷子向簸畚裡一扔。「我從淪陷區跑出來，沒給日本人殺死，沒給礮彈打死，沒給炸彈炸死，現在困在這堆怪石頭上挨餓！這真是滑天下之大稽！」

「我也這麼想。」我坐在舖上自言自語。

「小桑，」老史坐在我旁邊。「在黛溪的時候，我應該讓你回家去。」

「現在就是能夠回去，我也不回去了。我要到重慶去。」

「為什麼？」

「經過了這一關，我還怕什麼？現在我才知道自己犯了些什麼罪過。這是自作自受自遭殃！」

「我突然也想起許多對不起人的事。有一次我爸爸打了我，他一轉身，我就咬著牙說：『我恨不得你死掉！』」

「我也那樣子咒過我爸爸、媽媽、弟弟。『我恨不得你死掉！』」

「這真是滑天下之大稽！」流亡學生在走道上走來走去。「到了重慶，第一件事就是招待記者，揭露三峽的嚴重問題！現在請你們每個人把地址留下來，以後好聯絡。」

「留給什麼人？」桃花女坐在舖上，敞著一個奶子。孩子在她懷裡拍著奶玩一陣，抓著奶吸一陣。

我們全楞住了，互相望著。我第一次想到：我能夠活著到重慶嗎？只要我能夠活著，我一定重新做人。

「也許我們全完蛋了。」老史小聲說。

「呸！」老先生坐在舖上向一旁乾呸了一聲，好像那一呸就把老史的話取消了。「童言無忌！好，好，咱們來交換地址吧！到了重慶，我要叫一桌魚翅席請你們大家來好好慶祝一下！」

「哎呀呀！要地址就難住我了！」桃花女笑。「到了重慶，找到我男人，才有地址呀！」

「你沒有你男人地址嗎？」

「沒有。」

「他不給你寫信嗎？」

「他給他媽寫。」

「那你算什麼回事呢？」

「我是他老婆。我從小就過門了。我把他帶大的。他小我七歲。他去重慶讀書，我就在家侍候婆婆，養兒子，在田上做活，織布、摘茶葉，打柴。我過什麼日子都可以！婆婆的打罵我也受得了，只要他好好的。重慶有人回來說他在外頭有人了！這個可不行！我對婆婆說我要到重慶去，她不肯放我走，連街也不准我上！我就抱著兒子。帶了幾件換洗衣服跑出來了。我只聽說我男人在長壽國立十二中讀書。到了長壽我就到他學校去找他。見面，他好，一輩子的夫妻！他不好，他走他的陽關大道，我過我的獨木小橋！」

「你這兒子是他的嗎？」老先生問。

「不是他的，也不是你老人家的呀！」桃花女噗嗤笑了，舉起兒子對著老先生。「寶寶，叫爺爺！叫爺爺！」

「爺爺！」老先生用兩根手指捻著半白的鬍子。「我還沒有那樣子老法吧！」他咳嗆了一陣子。

「你們要地址，我也拿不出來呢！民國二十六年六月間我從北平到上海看朋友；七月七號蘆溝橋事變，二十八號北平就淪陷了。這些年我一直跟著朋友家東逃西逃。這個仗哪一天了呀！我不能靠朋友一輩子呀！我就離開他們一個人在重慶和巴東之間跑單幫。這次到了重慶住在哪兒呢？現在可不知道！」

「我的住址是重慶大隧道。」老史冷冷地說。

「開玩笑！」流亡學生說。

「不是開玩笑，」我接著說。「她媽早死了。她跟她爸爸從淪陷區跑出來。她去恩施讀聯中；他到重慶去做生意。三十年夏天日本人大炸重慶。一萬多人在大隧道裡悶死了，她爸爸就在裡面。」

「對，對，有名的大隧道窒息慘案！」老先生那口吻好像老史的爸爸也從此有名了。

流亡學生轉身望著我。

「我也沒有地址！我的家在恩施。我跑出來了。」

「金窩銀窩，不如自己的狗窩！」老先生從竹布褂子口袋裡拿出一個金殼子錶，看了一下時間，又把錶放進口袋裡。我突然想到爸爸錶鍊子上的玉辟邪；想到曾祖在棺材裡抓著的玉辟邪。老先生盯著我。「我有個女兒和你差不多大。我離開北平以後我老婆死了。現在我女兒生死如何還不知道呢！人都有個根呀！過去是你的根，家是你的根，父母是你的根！這次打仗咱家的根都給拔了！你幸虧還有個根！你非回去不可！我要通知你爸爸，叫他把你押回去！」

「你不知道我家的地址！」我坐在舖上，一隻手撐著下巴，望著他笑。

老先生一急又咳嗆了起來，一根指頭不住地指點著我。「你們這些年輕人！你們這些年輕人！」

「和我爸爸的口吻一樣！」流亡學生笑著。「我爸爸有七個太太！我媽是結髮。我爸爸對他七個女人一律平等；軍事管理！他叫她們老二，老三，老四……，誰先到他家誰就排在前面。老二是丫頭收上的，比老七還小五歲。七個女人每人三十塊月規錢；春夏秋冬每人一套衣服。每個月在旅館開一次房間，帶著七個女人去洗一次澡，打一場牌；七個女人加上他自己，正好兩桌！他輪流在七個女人房裡過夜，一個人一夜，正好一星期！七個女人有四十幾個孩子；他自己也分不清哪個孩子是哪個女人生的。七個女人大姐二姐的叫著，和和氣氣，彼此從不爭吵──就因為她們全反對那一個男人！七個女人的房間一個挨一個，全都很陰暗，四周的大樹遮住了。日本人轟炸南京，炸彈不偏不倚，正好從房子正中間投下去，中間就變成了天井，房間照著天光，突然亮起來了。那一次轟炸，我媽給炸死了。六個女人哭得好傷心；我爸爸沒有流一滴眼淚，日本人來了，我爸爸當了官。我叫他漢奸；他罵我逆子！說實話，我自己都沒有通訊地址呢！」

天邊滾著悶雷。大概要下雨了。我們互相望著，臉全亮了。

＊＊＊

擱淺第三天。

「有雷無雨，龍王鎖龍門啦！」船老闆在船頭叫。「從今天起，一人一天只有一杯清水喝！船上的明礬只剩下兩小塊了！」

＊＊＊

擱淺第四天。

雨。雨。雨。我們談雨，求雨，卜雨，夢雨。下雨水漲，船就可以在牙齒縫裡漂起來了。

「口好渴！」

什麼人說口渴，我就更渴。峽裡的太陽只晃那麼一下子，人就那麼渴法。難怪后羿要射掉九個太陽！

老先生提議扶箕卜雨。

流亡學生說他不相信那一套。

桃花女說扶箕是很好玩的事：丁形架子，放在沙盤上，兩個人扶著橫木兩端，在沙盤上畫著畫著；心裡唸著什麼死了的人，那人的魂就來了；丁形架子就自動在沙上畫字，為人卜吉凶，開藥方，解恩怨，甚至和人作詩。魂退了，架子也不動了。

我和老史聽見那一番話馬上叫好，搶著要扶架子為鬼神寫字。老先生說他必須做扶箕人，只有心誠的人才能把鬼神請來。

我們用船上燒過飯的柴灰當沙，裝在一個銅盆裡；把發火的兩根樹枝架成一個丁字。我和老先生扶著樹枝兩頭在柴灰裡胡亂畫著。老先生閉著眼，嘴巴不停地闔動。樹枝在柴灰上越畫越快了。我的手跟著樹枝動。柴灰上畫出了一個個的字：

功 蓋 三 分 國 名 成 八 陣

圖

「杜老！杜老！我唸著杜老，杜老果然來了！」老先生拍著腿叫。「杜老晚年住夔州三年，成詩三百六十一首。瞿塘這一帶一草一木盡入詩句。我知道杜老有請必到！」他對著柴灰說：「少陵先生，您老抱負奇偉，愛君憂國，懷才不遇，憔悴奔走於羈旅之間。咱們命運相同。今天這一船人就要向您老請教。咱們困在這個灘上是凶是吉呢？」

凶

多

吉

少

「咱們逃得過這一關嗎？」

不

可

說

「咱們會死嗎？」

不

可

說

「死也好，活也好，咱們在此還要困多久呢？」

十

月

十

日

「天啦！要困到雙十節！何時下雨呢？」

沒

雨

沙盤上的樹枝停了。

「杜老走了。杜甫是詩人。咱們再請一個兵家吧！咱們現在困在歷史有名的雄關險灘上，只有兵家的話才可相信。」老先生又閉著眼閤動嘴巴。

我和他又扶著樹枝在柴灰上畫著畫著。

鞠

躬

盡

瘁

死

而

後

已

「好！孔明來了！我知道孔明英魂必在瞿塘一帶！夔州魚腹浦就有孔明推演兵法的八陣圖！」老先生盯著柴灰上的「已」字。「諸葛公，您老一生英烈，一心要恢復中原，重整漢室。現今中國也是三分國：重慶國民黨，延安共產黨，日本人的傀儡政府。咱們這一船人到重慶去，也是因為憂國憂民，要為國家做點事情。現在咱們偏偏困在離八陣圖不遠的灘上。將來是凶是吉呢？」

大

吉

「好！咱們不會困死在這兒嗎？」

不

「好！咱們到得了重慶嗎？」

可

到

「好！咱們在這兒還要困多久呢？」

一

日

「咱們如何才能從這個險灘上活過來呢？」

吉

人

天

相

「何時下雨呢？」

一

日

「諸葛公，到了重慶，這一船人一定全體步行到武侯廟去上香！」

沙盤上的樹枝停了。

老先生放下樹枝，望著柴灰裡的「日」字發楞。過了好一陣他才醒過來。「咱們就困在歷史裡呀！白帝城，八陣圖，擂鼓台，孟良梯，鐵鎖關！這四面八方全是天下英雄奇才留下來的古蹟呀！你們知道鐵鎖關嗎？鐵鎖關有攔江鎖七條，長兩百多丈，歷代帝王流寇就用那些鐵索橫斷江口，鎖住巴蜀。長江流了幾千年了，這些東西還在這兒！咱們這個國家太老太老了！」

「老先生，」流亡學生說：「現在不是陶醉在我們幾千年歷史裡的時候呀！我們要從這個灘上逃生呀！」

「我相信明天就會下雨了。一下雨水就漲起來了。」

「您真相信扶箕那一套嗎？」我問。「是您用樹枝畫字呢？還是真的杜甫孔明在畫呢？」

「你們這些年輕人！」老先生揪了一下他的鬍子。「我這麼一把年紀！還會騙你嗎？」他頓了一下。「我真的相信天有感應。我來給你們講一個孝子傳上的故事吧。有個叫庾子輿的人，扶父親靈柩過瞿塘。六月水漲，運靈柩的船不能走。庾子輿焚香求龍王退水。水果然退了。庾子輿扶父親靈柩過瞿塘以後，水又漲了。」

「這條船上哪一個是孝子？」桃花女笑著問。

沒有一個人回答。

＊　＊　＊

「我們在這兒擱淺多久了？」

「五天吧？」

「七天囉！」

「六天！」

「反正是很久很久了。」

「月亮出來了。」

「嗯。」

「什麼時候了？」

「月亮到我們頭頂，一定是半夜了！你的錶呢？」

「錶停了。忘了上了。誰有錶？」

「我有錶。看不見時間。太黑了。」

「好靜啊！只有水打石頭的聲音。」

「其他的人睡著了嗎？」

「沒有。」

「沒有。」

「為什麼不說說話呢？」

「沒有什麼可說的。」

「我又渴又餓。」

「一個大浪過去了。」

「我們躺在艙裡看不見浪。」

「我可以聽見。很靜很靜，突然嘩啦一聲，又很靜很靜了——那就是浪。」

「你還聽見什麼嗎？」

「什麼也沒有。」

「他們還在打仗嗎？」

「哪個他們？」

「岸上的人。」

「啊！他們不會打到我們這兒來。」

「嗯。他們不會打到我們這兒來。兩面是山。底下是水。上面蓋著天。」

「喂，每個人都說說話好嗎？你們不說話就像死了一樣。」

「說什麼呢？」

「說什麼都可以。」

「這麼靜法。人不說話，很可怕。人說話，也可怕，就像孤魂野鬼在說話一樣。」

「那我就來吹簫吧。」

「好，你吹簫，我來講故事。」

「我就吹孟姜女吧。」

「也是個有月亮的晚上，也是這麼靜法，他醒來聞著一股火藥味……」

「哪個他？」

「故事裡的他。他醒來聞著一股火藥味。到處是灰。連月亮也是灰撲撲的。他醒來躺在山坡一棵大樹下。山坡對著嘉陵江。對岸的重慶冒著幾根很粗很粗的黑色煙柱子，影子映在嘉陵江裡，成了頂天立地的黑柱子。柱子和柱子之間是灰色的，好像整個重慶的灰塵都掀起來了。」

「他從地上站起來，抖掉了身上的灰塵，這才清醒過來：原來他在山坡下邊防空洞裡躲了七天七夜；日本飛機一批又一批連續轟炸重慶一百五十多個鐘頭了。兩百多人躲在一個防空洞裡。吃，喝，睡，大小便全在洞裡。他受不了，走到洞外山坡上。又一批日本飛機來了。他來不及跑回洞裡。只聽見轟的一聲，滿天飛沙。他清醒過來，才看見山坡下防空洞門口有人在挖土：防空洞門口扔了一顆炸彈。他拔腳飛跑，好像他不跑就會給人當防空洞裡的死人拖走了，他跑著跑著。也不知道往哪兒跑。只要跑著就行了。突然他聽見一個很低的聲音：『放了我吧！放了我吧！』」

「喂，吹簫呀！別停呀！」

「反反覆覆吹孟姜女嗎？」

「嗯。故事也講下去呀！」

「好。那個聲音反反覆覆的說：『放了我吧！放了我吧！』他停下來，四周看看。沒有一個人。只有幾座墳，連墓碑也沒有。他向右走，那聲音就在左邊。他向左走，那聲音就在右邊。他向前走，那聲音就在後邊。他向後轉，那聲音就停止了。他總不能向相反的方向走，相反的方向就走到堆滿死人的防空洞去了。他必須向前走。那聲音又起來了：『放了我吧！放了我吧！』那聲音就在他背後，簡直就是他自己的腳後跟發出來的。他非停下來不可了。現在他才聽出那聲音是從右邊來的。他向右邊走，那聲音越來越大了。他看到一座裂口的空墳，棺材大概移走了。一個女人躺在坑裡，頭伸在坑外，閉著眼睛，不住地說：『放了我吧！放了我吧！放了我吧！』他把那女人從坑裡拖出來。這時候他才看清那女人本來和他躲在一個防空洞裡。他一時分不清那是個被炸死的女鬼呢？還是個死裡逃生的活人？他跑警報總是帶著一瓶水。他就用水把她灌醒了。他問她怎麼從防空洞到了那座空墳裡。她好像沒有聽見他的話，只是瞪著眼望著他，突然叫了聲：『子堯！你還不快跑嗎？』他說他的名字叫柏夫。女人說：『別開玩笑！日本兵走了嗎？』他說：『日本飛機走了。』女人有些不耐煩了，一個個字重重地說：『我問的是那個要強姦我的日本兵走了沒有？』男人說：『重慶可沒有日本兵呀！』」

「今兒晚上的簫特別好聽——孟姜女哭長城。那個女人怎麼樣了呢？」

「哪一個女人呀？孟姜女，還是墳裡的女人？」

「墳裡的女人。快講下去吧！簡直是現代聊齋！」

「好。那女人坐在地上，重重捶著地上的土說：『這兒不是重慶！這兒是南京呀！我和你剛剛結了婚！日本人剛剛進了城！』男人把口袋裡的錶摸出來，劃了根火柴，把錶殼子上刻的名字『柏夫』給她看。女人說：『別開玩笑啦！子堯！現在是生死關頭，你快逃走吧！日本兵在南京城搜查中國軍人。凡是手掌上有繭的人，車伕，木匠，苦力，日本人就認為是拿過槍桿的人，就要把他們抓走。昨天一天就抓走了一千三百多人。現在南京城的狗都肥起來了，餵狗的屍首太多了。』女人四面看看，又問：『那個日本兵走了嗎？』男人只好說：『走了。』女人指著嘉陵江說：『喏，就在那條竹林子路上。我在前面走，他在後面走。你知道，子堯，我們剛結婚一個多星期，你還沒有辦法碰我。你說我是個石女。』

「什麼？石女？」

「嗯。石女。石頭的石。」

「快講嘛！故事正到了精彩的地方！」

「女人就那樣子講下去。她說：『在那條竹林子路上，我在前面走，日本兵在後面走。大白天，他一面走，一面脫衣服，沿著小路扔著他的軍裝、馬靴、軍褲、內褲，他脫得精光，只剩下一把刺刀掛在身上。日本兵穿軍裝的時候人也高一大截。一脫光了，人也變矮了，比我還矮！他把我當個泥人一樣扳來扳去。把我的衣服全剝光了，他才把刺刀扔在地上。就在那個時候，子堯，你就跑來了。記得嗎？你跑出了南京，又跑回來了。日本兵比你矮一個頭。他一看見你，就跳上你的背，兩隻手扣著你的脖子，用牙齒狠狠啃你的後頸窩。你就一隻手伸到背後抓他那個東西。抓也抓不住。太小了。最後算是抓住了，你就用力扯著扯著，扯得他大叫。國際救濟委員會的人趕到了。委員會的主任是個德國人。他叫日本兵走。日本兵仍然啃你脖子。你仍然扯著他那個東西。最後那德國人把胳臂向他面前一伸。日本兵看到他的納粹徽章，連忙從你背上溜下來跑了，連在地上的刺刀衣服也不要了。』」

「這故事真好聽！後來那個女人怎麼樣了呢？」

「你問的哪一個時期的女人？南京大屠殺裡的女人呢？還是重慶大轟炸裡的女人？」

「重慶大轟炸裡的女人。」

「她的丈夫和兒子正在找她。在那批日本飛機來之前，她兩歲的兒子在防空洞裡哭起來了。防空洞裡的人大罵，要把那孩子揍死。孩子的爸爸只好把兒子抱到防空洞外面去。媽媽在防空洞裡坐立不安，便到防空洞外面去找丈夫和兒子。就在那一刻，日本飛機來了，在防空洞門口扔了炸彈。轟炸過後，那女人不知怎麼在那座空墳裡，目前的事全忘了，只記得以前南京大屠殺的事。她丈夫帶著孩子去警察局查死人名單，找一個叫王嬋的女人。那女人在警察局說她就叫王嬋，但她剛剛結婚，還沒有孩子。我看見她丈夫和孩子在那兒，我就走了。」

「你？你講的是故事呢？還是你自己的事呢？」

「我自己的事。在這兒困了這麼久了，那就好像是上輩子的事了！也就和講故事一樣了！」老先生說。

流亡學生仍然吹著〈孟姜女〉。

正月裡來是新春，
家家戶戶點紅燈，
別家丈夫團圓敘，
奴家丈夫造長城……

＊　＊　＊

嘩啦一聲。一個大浪過去了。靜下來了。嘩啦一聲。又一個大浪過去了。又靜下來了。浪裡湧著許多人頭，瞪著眼睛望天，沒有聲音。

一隻大鷹飛來了，在人頭上繞著圈子飛，搧著很大的黑翅膀，從容不迫地搧著，非常莊嚴，又非常優美，簡直就是舞蹈。

老先生和老史突然坐在大鷹的翅膀上，一邊一個，像坐蹺蹺板一樣。大鷹揹著他們飛舞。他們向我招手。

流亡學生突然騎在大鷹的背上了，吹起簫來了，和著大鷹的舞蹈。

大鷹載著他們三個人，向下水飛走了。

人頭向下水流走了。

我大叫他們停住。我也要騎在鷹背上飛走。

桃花女踩著浪花來了，敞著白漂漂的奶子，向我招手，要我和她一起去踩水。

簫聲大起來了。

我醒了。原來簫聲是從船尾來的。老史，老先生，桃花女在舖上睡著了。桃花女敞著奶子，懷裡摟著孩子。

我在舖上坐起來。

簫聲突然停了。

我走到艙外，繞過堆在船尾的棉紗包。

流亡學生躺在甲板上，打著赤膊。

峽裡很黑很黑。他的手向我伸出來。

我在他身上躺下去了。

我們沒有說話。

他腿上沾著我的處女血。他吐了口唾沫擦掉了。

＊＊＊

擱淺第六天。

江上一陣叫喊。

我們從艙裡湧到船頭。只見一條木船從一個浪頭上衝下來了，衝到我們外圍的漩渦上就呼呼地轉。船上的人叫著；女人孩子哭著。船轉得很快很快，像個小陀螺一樣，有一根無形的鞭子抽著它得得轉。

漩渦四周冒著白沫。白沫濺起來了，翻起來了，翻起一道白色的牆，把我們的船和打轉的船隔開了。

白牆嘩啦一下垮了。那條船就像西瓜摔在石頭上一樣裂開了，把船上的人全抖到水裡去了。

又一陣大浪翻起來了。

大浪過去了。水裡的人不見了。

一點聲音也沒有了。

水蕩走了。太陽蕩走了。

只聽見

鼕……

鼕……

鼕鼕……

鼕鼕……

鼕鼕鼕……

鼕鼕鼕……

鼕鼕鼕鼕鼕鼕鼕鼕

鼕鼕鼕鼕鼕鼕鼕鼕

流亡學生打著赤膊，黑叢叢的腋毛，黑叢叢的鬍髭，眼睛冒著火，咬著牙，鼓著筋，雙手舉著鼓槌，連人帶槌向大鼓一下又一下搥過去。他搥的不是鼓。他搥著山、天、水。

山，天，水，到處搥得亂響。

「打得好！打得好！得勝鼓！」老先生說。

一隻烏鴉從下水朝我們的船飛上來了。

了。

流亡學生扔了鼓槌，狠狠盯著烏鴉。

「烏鴉當頭過，無災必有禍。」桃花女抱著孩子說：

我拾起一個空瓶子跳起來向烏鴉釘過去。「打死你這個黑怪物！」瓶子落在石頭上，碎了。

老史又抬起一個破碗釘過去。「王八蛋！滾開！」碗落在石頭上，碎了。

烏鴉在我們頭上繞圈子。

老先生臉漲得通紅，指點著烏鴉。「你以為你嚇唬得了人嗎？嗳？你以為我就會困死在這兒嗎？嗳？軍閥打仗我沒死。土匪打仗我沒死。日本人打仗我沒死。我就會死在這一堆怪石頭上嗎？呸！」他使勁咳了一泡痰向烏鴉呸的一下吐去了。

「他媽的臭巴子！」流亡學生對著烏鴉跳起來。「你可嚇唬不了我！你等著瞧吧！我死不了！我要活著攪得天翻地覆，給你一點顏色看看！山呀！水呀！野獸呀！烏鴉呀！你們毀得了人嗎？你們毀了人的身體，毀不了人的精神呀！船打翻了，人淹死了，山還是山，水還是水，千千萬萬的人又生出來了！千千萬萬的人又在灘上活過來了！天下是年輕人的呀！你知道嗎？王八蛋！古代的帝王，多少都經過大難呀！人死不了呀！你知道嗎？王八蛋！人死不了呀！」

老先生拍了個巴掌。「請大家注意！生死關頭！我悶在心裡的話非說不可了！咱們的船老闆簡直是拿人命當兒戲！瞿塘險過百牢關！他自然知道這個危險！他是三峽撐船老手！他的船只應該裝貨，根本不應該搭客！根本不應該預先收船費！他木船的票價和輪船一樣貴！既已搭客，既已收了錢，他就應該負責！首先負責船客的安全；其次負責船客的飲食。咱們先在新崩灘上撞了船，在黛溪擱了四天。咱們信任船老闆，沒有要他退錢。咱們還是上了船。後來，船又在黃龍灘上斷了縴。在這堆怪石頭上擱了這麼久！現在，在亞洲第一大川，幾千里的大江上，連喝的水也要定量分配！這簡直是天下的大笑話！從出事那天起，船老闆從來沒有採取任何救急行動。不僅如此，船客拚命叫救命的時候，他冷言冷語，黃鶴樓上看翻船！船老闆和船伕全是撐船老手。萬一有何不幸，他們可以在水裡逃生，船客可不能！船老闆加上船伕，他們一共有十三個人。咱們船客只有六個人！而且多是老弱婦孺！咱們是寡不敵眾！也就因為這個道理，我老漢才要挺身而出，仗義執言！現在，我代表六位船客，包括那個吃奶的船客，請求船老闆解決這一船人的生死問題！」

船伕沒有作聲。船客也沒作聲。

船老闆蹲在甲板上，面不改色，叭了一口空空的旱煙袋：「各位船客！你們腳底下人不懂得川江行船的苦。我們撐船人三面朝水，一面朝天，完全是靠天靠水吃飯。天不下雨，水不漲，我們也沒有啥子辦法！行船，騎馬，都有個危險！人人門口有塊滑石板！沒有人能夠擔保。人有生死，物有損壞，全看老天爺的意思！人叫人死死不了；天叫人死活不成！要是有個三長兩短，我的命也賠了！現在只有請船客心平氣和，再耐心等一等！」

「天啦！等到哪天為止呀！」

「就是等，也得有飯吃有水喝呀！」

「江裡有得是魚有得是水呀！」船老闆說。「沒有柴火，吃生魚！沒有明礬，喝渾水！我們撐船人可以這樣子活下去，你們船客就不能嗎？」他把空空的旱煙袋吸得叭叭響。「我們煙絲抽完了，就抽菸油！煙油抽完了，就抽菸燼！」他順手把身邊的大鼓蓼的拍了一下。「不吃生魚的人，也可以啃鼓皮呀！」

「呸！」流亡學生向船老闆呸了一口唾沫。「我要啃死你！」

船老闆仰天大笑。「人一個，命一條！啃吧！剮吧！宰吧！有啥子好處？水漲了，船漂起來了，你們還要人掌舵呀！」

＊＊＊

「骰子！」我叫了一聲，就從「女生宿舍」跨到「男生宿舍」。老先生坐在舖上，手裡掂著三顆骰子。我搶過骰子擲在舖上。「我們來好好賭一場吧！喂，男生，女生，全到老先生舖上來吧！」

「正中下懷！」老先生一高興，又咳嗆了一陣子。「叫化子做皇帝，快活一天是一天！

我這包袱裡還有四瓶大麯，帶到重慶送人的。去他媽的！咱們就喝了吧！」他打開一瓶，骨碌喝了幾口，脫下竹布褂子，也打起赤膊來了；兩三根腋毛從胳肢窩裡翹了出來。

我們五個人一個挨一個坐了一圈。老史一天沒理我。我想挨著她；又想挨著流亡學生。我就擠在他們兩人之間。酒瓶子圍著傳下去。我骨碌一口氣喝了好幾口酒。我第一次喝酒。臉燒起來了。心跳起來了。左手搭在老史肩上，右手搭在流亡學生肩上。

三顆骰子放在一個瓷碗裡，擺在圓圈中間。

「我做莊！」我舉起一隻手大叫。

「我做莊！」

「我做莊！」

「我做莊！」

「我做莊！」

「划拳吧！兩個一划，誰贏就喝酒；贏的人再和下一個人划，最後贏的人做莊！」

「開始吧！兩相好哇！」

「四季財呀！」

「六六順呀！」

「七巧呀！」

「寶一對呀！」
「四季財呀！」
「三桃源呀！」
「寶一對呀！」
「八仙呀！」
「六六順呀！」
「全到了！」
「一頂高升！」
「四季財呀！」
「七巧呀！」
「全到了！」
「三桃源呀！」
「六六順呀！」
「寶一對呀！」
「八仙呀！」
「七巧呀！」

「我贏了！我贏了！」桃花女大叫。「我做莊！你們下注子吧！」

「好！五十！」

「六十！」

「七十！」

「八十！」

「再加個五十！」

「再加個六十！」

「再加個七十！」

「再加個八十！」

「哎呀呀！」桃花女笑著。「越下越多了！我可沒有那麼大的本錢呀！好吧！我贏了，再做莊！輸了，退位！我就賭這一把！」她抓起骰子隨手往碗裡一撒，手一揚。

骰子在碗裡打滾。

我喝了一口酒，仍然拿著酒瓶，看見許許多多喝醉了酒的骰子，在碗裡骨碌亂滾。

「五點！」

「多一點我也不要！我只要個六點！」老先生兩手捧著骰子，捧到嘴邊噓了口氣，兩手像蚌殼一樣在下方慢慢張開了。

骰子打在碗裡。

他彎著身子，盯著打滾的骰子大叫：「六點！六點！六點！六點！六點！六點！六點！六——點，啊！三點！」他拉起桃花女的手，把她手裡的酒瓶餵在她嘴裡。她喝了口酒。他又拉起她的手，把酒瓶餵在自己嘴裡；另一隻手就勢把她摟在懷裡，按著她的臉貼在他赤裸的胸上；手揉臉；臉揉胸；咕咕嚕嚕把酒一口喝完了。空瓶子仍然銜在嘴裡，好像嬰兒銜的空奶瓶。

「老先生，老先生，男女授受不親呀！酒瓶裡的酒光啦！我身上可沒有酒呀！老先生！您老人家是道德人，女人的身子不可以亂摸呀！」桃花女笑著從他懷裡掙脫坐直了身子，鬢揉散了，一綹亂髮披在胸前；衣服大襟扣子也掙開了，露出大半個奶子。

骰子又在碗裡滾著響了。

「六點！六點！六點！」老史叫著，在舖上打滾。

我就跟著她滾過去，一翻身騎在她身上，像騎馬一樣在她身上顛著顛著，一面打拍子似地和她一起叫：「六點！六點！六點！六點！六點！六點！你不理我，我就不放你！六點，六點！」

她突然不叫了，把我一把扳下去，抱著我在舖上滾，臉擦臉，腿擦腿，滾過來，滾過去。她一面咕嚕著：「你不理我，我就不放你！你不理我，我就不放你！」

「四點！」桃花女大叫。「你擲了個四點！史丹！喂！桑青，歸你擲骰子啦！」

我從老史懷裡掙出來，滾過去，抓起骰子放在嘴裡，呸的一下把骰子吐在碗裡，照樣望著骰子大叫：「六點！我只要六點！來個六點！六點！」流亡學生正趴在我右邊。我就用手搥著他屁股打拍子：「六點！六點！六點！六點！六點！六六六六六六——點！幾點？喂，喂，幾點呀？我得了幾點呀？」

「五點！莊家也是五點！莊家吃你！」

又一瓶酒在圈子裡傳下去。

流亡學生坐起來，用腳趾夾著三顆骰子向碗裡扔。他就望著我嗲聲嗲氣唱起歌來了。骰子就自顧自在碗裡滾著。

風吹窗，身兒涼，
風吹柳梢兒呼呀呼呼響。
人家鴛鴦同羅帳，
奴家有夫不成雙，
哎呀呀兒喲，哎呀呀兒喲！

「對不起，你也是拿小點子的人！你只有三點！」桃花女笑著對流亡學生說；把我們四個人面前的錢一把撈光了。

她連贏三把。

我們的注子越下越大。最後我們把自己拿得出的錢或東西全下下去了。我和老史銀錢不分。我們錢包裡只剩下兩百元了。我下兩百元；她就下錢包。老先生下的是金殼子錶。流亡學生下的是簫。

我們又輸了。只有流亡學生一個人贏了二十元——簫的價錢。他提議換莊。三個輸家全叫好。當然是流亡學生做莊——無論如何，他贏了一把，只有他才可以壓壓桃花女的威風。但是，三個輸家沒有任何東西可以下注子了。

「我有個辦法！」流亡學生說。「我們只賭一把！這一把就賭個你死我活！每個人把最寶貴的東西拿出來。沒有東西就賭人。我是莊家，我贏了，有東西就撈東西，沒有東西就撈人！」

「你要是輸了呢？」

「我只有這個人！隨便你們在我身上幹什麼！割也好！宰也好！舔也好！親也好！」

「天呀！」桃花女笑著。「我最寶貴的東西是我白白胖胖的兒子！」她望望對面舖上睡著的嬰兒。

「你最寶貴的東西是你的身子！」流亡學生湊到她面前，聲音壓得很低，低到每個人都可以聽見。

老先生嘿嘿笑了兩聲：「此話有理！我就賭我的家當吧！四合院的房子一棟！在北平！你贏了，就歸你回去接收！我還指望將來打完了仗回到那四合院裡養老呢！」

「我也賭我的家當！」我叫了起來，跨到「女生宿舍」，從枕頭旁邊的小皮箱裡摸出玉辟邪，又跨回「男生宿舍」。「哪！我家祖傳的寶貝！」

老先生的眼睛突然亮了，要從我手裡把玉辟邪接過去。流亡學生搶先接過去，拿在手裡看了一下，盯著我說：「你就賭這個老古董嗎？」

「嗯。」

「我寧可要你這個人！一個十六歲的黃花閨女！」

老史把我一把扳在她背後，挺出身子。「喂，流亡學生，我姓史的和你打交道！我就賭她那個人！我贏了，你讓路！你贏了，我讓路！告訴你！你幹的事你自己心裡有數！要得人不知，除非己莫為！」

「我也不知道自己到底『為』了什麼？」

「小桑！你聽見他的話了嗎？」

「聽見了！我也不知道自己到底『為』了什麼？」

「你聽見她的話了嗎？姓史的！」流亡學生說。「負負得正，兩相抵銷，各歸原位！我不會搶你的寶貝！你到底要賭什麼？說吧！」

「我什麼也沒有！人一個！命一條！」

「好，我贏了，我知道如何對付你！」流亡學生逼過去狠狠望進她眼裡。

「喝酒吧！喝酒吧！最後半瓶了！」老先生舉起酒瓶。

酒瓶圍著傳下去。酒喝完了。骰子響了。

一片叫嚷。

「么二三呀！」

「么二三呀！」

「四五六呀！」

「四五六呀！」

「么二三呀！」

「么點呀！」

「好，一顆骰子停了，么點！」

「好，第二顆骰子停了，又是個么點！」

「乖乖，乖乖，再來個么點吧！」

「乖乖，乖乖，不要聽他的，來個兩點吧！」

「好！四點！要得！莊家只有四點！」

骰子又響了。

「五點！五點！五點！五點！我只要比那個雜種多一點就夠了！五點！五點！啊！也是個四點！」

骰子又響了。

「五點！五點！小東西，聽見沒有？噯，五點！我只要比他王八蛋多一點！就保住我四合院的房子哪！好，一顆停了！六點！又一顆停了，六點！好，就來個豹子吧！再來個六點！六點！六點！好——哇！五點！」

骰子又響了。

「五點！五點！五點！多一點也不要！少一點也不要！只要五點！老天爺！這一輩子我只要贏這一次！只要贏這一次！老天爺！老天爺！我只要五點！骰子全停了嗎？幾點？幾點？六點，謝天謝地！」

我只覺得水漂漂，船漂漂，人漂漂，玉辟邪也漂漂的。他們說歸我擲骰子了。我抓起骰子擲在碗裡，擲了個六點。他們說我只抓起兩顆，要我重新擲一次。老史把三顆骰子塞在我手裡。我捏也捏不住，骰子一顆顆滾到碗裡。只聽見老史慘叫一聲：

「完了！完了！」

＊　＊　＊

莊家流亡學生：四點。
老先生：五點。
桑　青：三點。
史　丹：六點。
桃花女：四點。

「莊家，我就贏你一點！」老先生說話了。「我要你這小子跪在我面前，三拜九叩，磕九個響頭！」

流亡學生跪在鋪上。

「不行，不行，」老先生盤腿坐在鋪上，像一尊泥菩薩。「你看見過你老子敬祖宗嗎？你老子是跪在鋪上向祖宗磕頭嗎？嗳？你得規規矩矩跪在地上！頭磕在地上蹦蹦響！」

流亡學生從鋪上跳到地上，彎身跪下去。

「喂！小子！且慢！你看見過誰打赤膊磕頭嗎？你非得把衣服穿上不可！」

流亡學生咬咬牙。

我、老史、桃花女樂得格格笑。

他穿上襯衣，在兩排舖之間擠下身子，在走道上跪下去。

老先生高高坐在舖上，咳嗆了一陣子，摸著鬍子，高聲喊著：「一叩首！再叩首！三叩首！」流亡學生站起來拜了一拜，又跪下去。「四叩首！五叩首！六叩首！」流亡學生又站起來又拜了一拜，又跪下去。「七叩首！八叩首！九叩首！禮——成——！」

流亡學生從地上爬起來，指著我說：「我就贏你一點。現在我要和你算帳了！」

「簡單得很！你贏了，這塊玉，拿去！」我從舖上拿起玉辟邪遞給他。

他沒有把玉接過去，望著我說：「這一下子可把我難住了！我是個流浪的人。我只要一雙草鞋，一袋乾糧，一支簫。你這塊玉給了我還是個累贅！再說，」他的聲音變得出奇的柔和。「我欠你一點東西。我就把這塊玉還債吧！」

「你說過的，負負得正，兩相抵銷。你不欠我；我也不欠你。你把這塊玉拿去吧！」我那麼說著，要把玉辟邪塞在流亡學生手裡。我明明把玉辟邪捏得緊緊的；一抬手，一晃眼，玉辟邪就從我手裡溜了，掉在地上了。

「啊！」

玉辟邪摔成兩半了。

老先生把兩半玉辟邪拾起來，併在一起，看上去仍然是塊完整的玉。

「這樣也好！你一半，我一半！」流亡學生說，把半邊玉辟邪塞在我手裡。

「好啦！問題解決啦！」老史搓拳摩掌，牙齒磕得直響。「現在歸我和莊家算帳了，我是大贏家，贏你莊家兩點！對不對？我只要贏了你就夠了！我不宰你！不剮你！不啃你！我只要你裝女人唱個鳳陽花鼓！」

「好主意！」我也想整整他，把半邊玉辟邪扔到對面舖上，準備來助陣。

我、老史、桃花女三個人把流亡學生的衣服剝了，只剩下一條內褲。我想起他在甲板上赤條條的樣子：他壓在我身上，頭吊在我肩上；我腿上濕濡濡的，那兒還有點痛。我不住地摸他的身子，就像太陽裡一塊好石頭，光光的，暖暖的，硬硬的。男人的身子原來那麼好法！我希望那樣子摸他一輩子！可是，他用力擠進我身子的時候，那滋味並不好受。桃花女居然天天晚上和她男人睡覺，還可以生出一個娃娃！不知道她是如何熬過來的？

我們用桃花女的衣服和脂粉把流亡學生打扮起來了；他穿著桃花衫子，藍印花布褲子，頭上紮著藍印花布的包袱，顴骨上兩大團水紅胭脂，兩道很粗很黑的男人眉。

他把一雙黝黑的男人手放在腰上行了個萬福，就拎起桃花女的紅手絹，扭扭捏捏唱起來了。

說命薄，真命薄，

一生一世嫁不到好丈夫，
人家的丈夫作官又作府，
奴家的丈夫只會打花鼓。

老先生坐在舖上笑得直咳嗆。我、老史、桃花女笑得在舖上打滾。

流亡學生突然跳到舖上，撲在老史身上：「你不理我，我就不放你！我也是個女人了！你非得和我親個嘴不可！」他的嘴壓在老史嘴上；手在她身上亂抓亂摸。老史只是嗚嗚的說不出話來。

我撲到流亡學生身上去救老史，只聽見他叫了一聲：「好——哇！」一翻身就把我和老史兩人全摟在懷裡，一邊一個，手臂扣著脖子，一面對桃花女說：「你也來呀！我胸上還可以頂一個！」我和老史用拳頭在他胸上亂搥亂打。

他突然放開我們，向著桃花女滾過去了，坐起來伸出兩隻手，彎著十個指頭，像獸爪子一樣，向桃花女逼過去，一面說：「好，現在歸我和你算帳了！」

桃花女笑著，扯開的大襟扣子也沒扣上，一綹亂髮仍然搭在胸前。「你要什麼呢？我贏的錢你全拿去好了！」

「我呀！我——要——你——這——個——人！」

她用一根手指頭點他的鼻子：「告訴你，色字頭上一把刀！你這個小子！你到底有多少本錢拚！」

「我是贏家！他本錢不夠，我借！」老先生嘿嘿笑。

流亡學生不言不語，一把把她的藍印花布衫子扯開了，撲過去吸她的奶。

老先生撲過去吸她另一個奶。

桃花女格格笑，抖著一對大奶子。「你們在老娘身上幹什麼都可以，就是不能搶我兒子的飯碗！我的奶快乾了！」

孩子在對面鋪上哭起來了。

桃花女把兩個男人推開了，跨到對面鋪上去抱孩子。

「我有個好主意！老先生請喝酒！我還有兩根菸。我就請抽菸吧！」流亡學生從衣服口袋裡摸出兩支人頭狗的香菸，跨到桃花女的鋪上去。

桃花女躺在鋪上餵孩子奶。流亡學生點燃一支菸，抓起桃花女右腳，把菸插在她兩個腳趾之間，點燃的一頭冒在腳背上，他就臉貼著她腳板心抽菸，兩手捧著她的腳。

老先生在桃花女左腳上也抽起菸來。

桃花女四仰八叉地躺著，孩子趴在她的奶子上吸得叭叭響；兩個男人捧著她的腳抽得叭叭響。

桃花女笑著扭著身子。「哎喲，哎喲！死鬼！癢死了！癢死了！哎喲！你們這些色鬼！討不到好死！」

「聽！聽！日本飛機來了！」我聽見一陣轟轟的飛機聲。

＊　＊　＊

我們筆直坐在鋪上。

飛機轟著來了。

峽裡正是日夜不分的那一刻，昏昏的，是晴朗的黃昏，也是陰沉的白天。

船老闆和船伕都在船頭。

「喂！日本飛機來了！請你們都躲在艙裡，不要危害大家的生命！」老先生叫。

沒有反應。

「看！三架一排！一共九架！」船老闆在船頭說。

「他媽的！漢奸！只有漢奸才不怕日本飛機！」流亡學生咬著牙。

江上有條木船來了，船上有人叫喊，還有噹噹的鑼聲。

飛機飛到我們頂上了。我們全趴在鋪上。我拉過被子蒙著頭，不管身子。人的叫聲、鑼聲、飛機聲更大了。

「聽不清呀！再說一遍吧！」船老闆在船頭對著另外那條木船叫。

仍然是亂哄哄的人聲、鑼聲、飛機聲。

「日本人投降啦！」船老闆終於叫出來了。

我們全湧到船頭。

轟的一聲，一把火吱的一聲衝到天上去了，爆出一大篷五彩火花。一朵蓮花在峽上的天空開放了！

飛機灑著五彩紙屑，向下水飛走了。

另外那條木船，隔著翻滾的灘，載著鑼聲和歡呼向下水溜走了。

「勝——利——啦——勝——利——啦——利——啦——利——啦——啦——啦——啦——啦——」

歡呼的回音和彩紙一起飄著，飄著，落在江上消失了。

「山戴帽啦！要下雨啦！船要漂走啦！」船老闆突然叫了起來。

他那一聲把我們全叫醒了。

幾朵烏雲飄到我們頭上了。

流亡學生仍然一身鳳陽花鼓女人打扮，拿起甲板上的鼓槌，向著大鼓捽過去。

鼕……鼕……

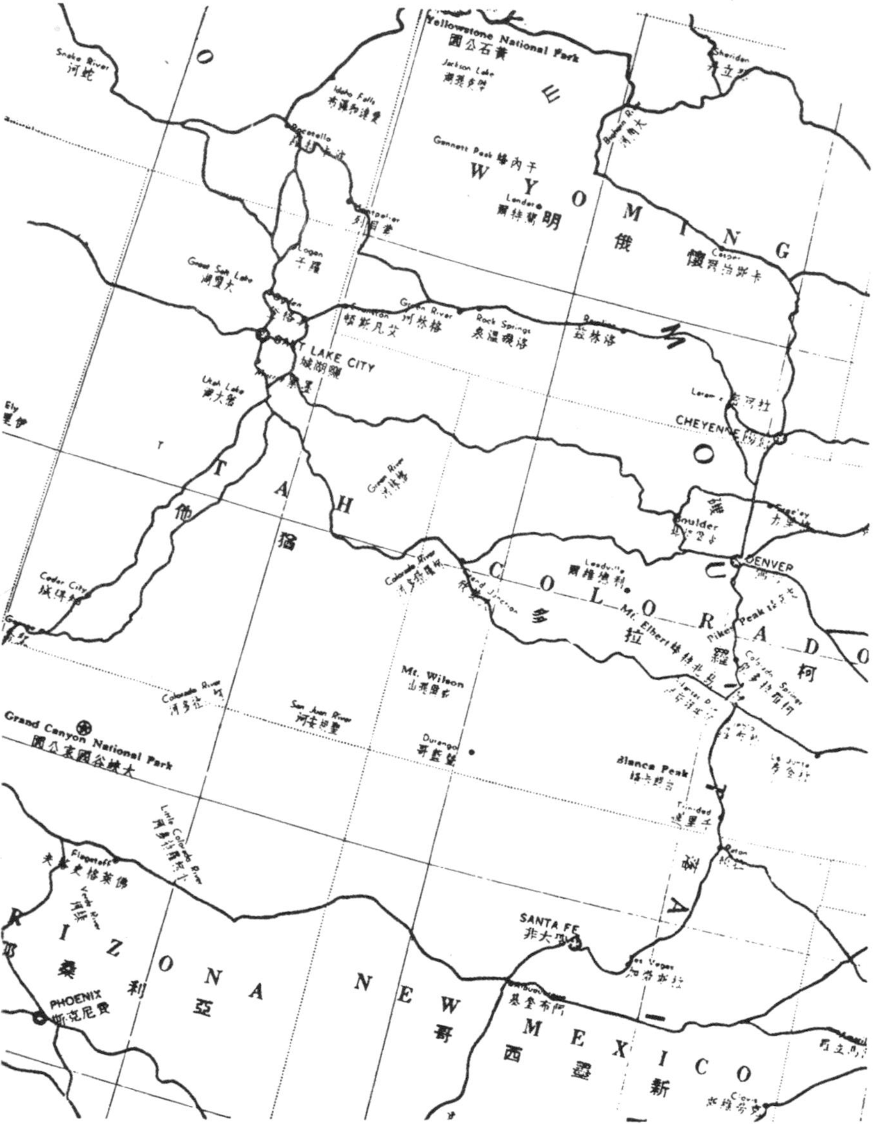
Yellowstone National Park
黃石公園
Snake River
蛇河
Idaho Falls
Pocatello
Jackson Lake
Gannett Peak
WYOMING
懷俄明
Lander
Great Salt Lake
大鹽湖
Logan
Green River
綠林河
Rock Springs
SALT LAKE CITY
鹽湖城
Utah Lake
Ely
UTAH
猶他
CHEYENNE
Laramie
Boulder
DENVER
Leadville
COLORADO
科羅拉多
Mt. Elbert
Pikes Peak
Colorado Springs
Cedar City
Colorado River
Mt. Wilson
San Juan River
Durango
Grand Canyon National Park
大峽谷國家公園
Blanca Peak
Trinidad
Little Colorado River
Flagstaff
Verde River
SANTA FE
ARIZONA
PHOENIX
NEW MEXICO
新墨西哥
Las Vegas
Clovis

第二部

桃紅給移民局的第二封信

移民局先生：

我在西行的八十號公路上，剛剛離開了懷俄明州的小美國。我在那兒的加油站餐館搭上了這輛去唐勒湖的旅行車，車子的主人史密斯剛從越戰回來，一回來就結了婚。新婚夫婦去唐勒湖度蜜月。

這是一輛最新式的一九七〇年旅行車。整個車子就是一棟活動房屋：起坐間、臥室、廚房。車子裡有各種最新式的電動設備：冰箱、電爐、冷氣機、暖氣機、電視、收音機、留聲機、吸塵器……車子裡擺滿了從舊貨店裡收來的古董：破緞子的維多利亞式椅子，破損的天青葫蘆瓶（大清乾隆年製），骯髒的西班牙羊皮酒壺，雕刻模糊的伊朗銀碟，生鏽的土耳其寶劍，破損的印第安牛角……白色的車子外面描著一個裸體女人，戴著男人禮帽，背著身子跪在那兒，轉過頭來微笑。身子背部一截截的描著不同的顏色，照著屠戶的眼光分別註明了每一截的用場：排骨肉、腰肉、臀肉、燉湯骨頭、肩肉、腿脛肉。

現在，我，桃紅，就坐在這麼一輛蜜月旅行車裡寫這封信。黑先生，你老遠就可以看見這輛車子了。寄上地圖一張，告訴你我跑過的路和要跑的路。要追你就來追吧！路是跑不完的。一路上有趣的事多極了。變化的風景，變化的氣候，變化的動物（懷俄明的羚羊，猶他的麋鹿，草原的小狼、狐狸、兔子……），變化的人。你越往西走，人就越友善。在東部，就是小孩子也不理你；在西部，就是警察也向你招手！（害警察恐懼症的桑青又會嚇昏了！）在紐約呢，你只不過是一個疲倦的外國人！和千千萬萬的外國人一樣。

我發現我並不是唯一要搭車的人。一路上有數不盡的人孤單單地站在公路邊上向路過的車子招手。有的車子停下，有的車子繼續往前跑。開車的人只要看見人（尤其是車子後座無聊得要打瞌睡的孩子，以及摩托車上穿迷你裙的女孩），他就會把右手從駕駛盤上輕輕揚起，又輕輕放回駕駛盤上——開車的人打招呼全是那一個姿勢，非常莊嚴，非常有把握的樣子。

當然，路上也有訴不盡的驚險。曾有人驚訝地對我說：「一個單身女人搭車！你看見昨天科羅拉多報紙上的消息嗎？有幾個搭車的女孩子給人殺死了；殺人犯把她們的心挖出來吃了，把屍體扔在山窪子裡。又有幾個搭車的男人失蹤了；河上飄著他們的衣服，屍體卻不見了。又有幾個搭車的年輕人……」我聽見許多那一類的話。

我就在懷俄明的洛磯溫泉在大雪中搭上一個怪人的車子。從我上車起，他就笑個不停。

「你不怕我嗎？噯？小女人？（他比我還矮小！）哈哈哈！」他不笑就發出怪叫：「嗚——嗚——嗚——」那聲音就像狼叫。接著他就會湊過來對我說：「你知道豪豬怎麼性交嗎？噯？小女人！你知道豪豬怎麼性交嗎？嗚——嗚——」只有在結冰的路上，他才不笑不叫，專心開車子。雪像水波一樣在車子前面波動開去。他的神色嚴肅起來了。「車胎在地上沒有發出唧唧的水聲，那就表示地上結了黑冰。這條路上要出人命。」我們就在那樣的路上掙扎到了小美國，老遠就看見一個大牌子：

加餐加油！

車子一到站還沒停住，我就跳下車子，向小豪豬擺擺手再見了。那加油站有個很漂亮的餐館。老闆本是個貨車司機，多年以前在大風雪中困在那兒了，就地開了一個休息站。路過的人在那兒吃飯加油。餐館裡是滿堂紅：紅牆、紅燈、紅地氈，只有桌子是黑色的。金髮女招待在黑色桌子之間穿來梭去。我在靠門口的一張空桌子坐下。旁邊桌子上的一對青年男女望著我笑笑——也許就因為我是個外國人，他們才對我笑。我們就那樣子談起話來。他們告訴我要到唐勒湖去度蜜月。一談到唐勒湖史密斯先生就興奮起來了，彷彿那是「天下第一景」。在去越南之前，他每年冬天都去唐勒湖溜冰。

他說唐勒湖是連接加利福尼亞州和內華達州的要道，橫貫東西的公路就通過唐勒湖。到那兒去玩的人也可以坐火車。鐵路有防止雪崩的設備，好像隧道一樣，保護著火車穿過去，不受雪崩的侵害，到那兒去玩的人，也可以放棄現代機器，在山路上騎馬溜達到唐勒湖去。

唐勒湖在山谷緊底，四周是幾千公尺的高山。夏天的唐勒湖是一片綠色，到處是柳樹和落葉松的林子；林子裡有鵪鶉、松雞、羚羊；很清的湖水映著鑲白雪的高山和山上的小溪、野花、樹林、花崗石。冬天的唐勒湖是太平洋岸最大的溜冰場。山上響著雪車的鈴聲，夾著湖上溜冰人的笑聲——那兒都是自由自在、一心去尋歡作樂的人。

天黑下來了。雪下得更大了，是那種夾著風一陣接一陣橫掃的雪。餐廳裡有人在自動唱機裡抛了個角子；幾個年輕人跟著披頭的〈黑鳥〉歌跳起舞來了。

黑鳥在深沉的夜裡歌唱，
用破碎的翅膀飛起來吧。
你一輩子就等著這飛起的一刻。
黑鳥在深沉的夜裡歌唱，

……

史密斯說那樣的風雪使他想起唐勒隊的事。我問唐勒隊是什麼。他說那是一夥去加利福尼亞開墾的人，在大風雪中在山谷裡的湖邊困了六個月。那個湖從此就叫唐勒湖。

一八四六年，「嘿！加利福尼亞！」是一句很流行的話。那時候，金礦還沒有發現；公路還沒有開發。中西部的一夥居民，大約有一百多人，成立了一個旅行隊到加利福尼亞去。唐勒先生被選為領隊。他們在春天出發，走過沒有路的山谷和沙漠，闖過好殺的印第安人的村子，在十月尾才到唐勒湖邊，迎面是很高的山壁。那年的雪比往年提早了一個月。拖車的牛走得很慢，因為要在雪地裡找草吃。遠山的松樹枝子已經白了。天非常冷，非常陰沉——大風雪要來了。他們必須放棄牛車，牛的死活顧不了了。他們必須盡一切可能帶著孩子和馬立刻翻過山頂！但是，莊稼人的東西可不能隨便丟的。一盒煙草，一段印花布，他們都得考慮一下子。人也要休息一下子。他們終於在雪地裡向山上爬了。傍晚時候他們離山頂不遠了。天太冷了，人太累了，走不動了。他們好不容易在雪地裡生了火，說什麼也不肯離開火了。他們躺在雪上睡著了。有人在睡眠中覺得身子給什麼壓得透不過氣來，一翻身，蓋了一身雪！人和牲口全不見了。只有一片雪。那人大叫。一個個人頭從雪裡鑽出來了。牲口跑了。雪把山路封住了。他們走不了了！

他們回到湖邊用木樁搭了幾個小木屋。他們一次又一次拚命要從雪山上爬過去；爬不過去又回到山窪子裡。他們帶的食物吃完了，就吃野獸，後來連野獸也找不著了。一陣陣的大風雪來了。飢餓的人找木頭生火的力氣也沒有了。一個月以後，雪堆到八呎高，和小木屋一般高了。有人因為飢餓和寒冷已經崩潰了。冬天才開始呢。有人死了。有人要想法子逃生了。他們用U形牛軛做成雪靴。逃也好，留也好，都是死路一條。逃的人是向命運挑戰。留下的人是聽天由命。他們的命運是一樣的，只是選擇的路子不同。

十個男人、五個女人、兩個男孩子，穿著牛軛做成的雪靴出發了。他們在積雪的山上爬了幾天。風雪又來了。他們又困住了。那地方後來叫做死亡營。寒冷、疲倦、飢餓。他們靠著火躺在雪地上；睡著的人把手燒成了焦炭。有幾個人死了。活著的人餓了五天了。有人砍了死人的腿和胳臂在火上烤著吃，頭轉到一邊，吃著，哭著。兩天以後，起先不肯吃人肉的人也吃起來了，只有一個例外：不吃自家人的肉。姐姐眼睜睜地看著弟弟的心肝叉在樹枝上在火上烤。妻子答應把丈夫的屍體給人吃，只為救活一個飢餓人的命。他們要吃多少肉就從屍體上剁多少；剩下的留著做乾糧。兩個人發現鹿的腳跡跪在地上哭著禱告起來了——他們並不是教徒。他們打死了鹿，趴在鹿的身子上吸血。鹿的血吸乾了；人的臉上沾滿了血。（可惜害恐血症的桑青沒有聽見這個故事！）三十三天之後，他們才到達安全地帶，只剩下兩個男人和五個女人了。

困在唐勒湖的人有的死了，有的走了。一個母親決定走，只為把她的食物留下來給孩子吃。他們住在雪坑裡，吃獸皮、牛骨、老鼠。孩子們用好看的瓷茶杯裝滿了雪，用小茶匙掏著吃，咂咂嘴，假裝吃的是雞蛋牛奶軟凍。人都躺在自己的小木屋裡，到別家走動成了很重要的事。一個叫布寧的人寫日記，把別的木屋裡的人叫做「陌生人」。第二年二月，救護的人到達的時候，一個女人哭著問他們是不是從天上掉下來的。雪仍然把山路封住了。雪仍然不停地下。一群女人、小孩、病弱的人跟著救護的人走了。還有兩個男人、三個女人、十二個孩子留在唐勒湖。那些人連逃生的力量也沒有了。

困在唐勒湖的人吃完了最後一張獸皮，就把餓死人的屍體從地裡挖出來吃，三月間第二批救護的人到了。他們看見一個人提著一條人腿。那人看見人來了，就把腿子扔在雪坑裡。雪坑裡有砍下的頭，冷藏得很好，五官還沒有變樣；胳臂和腿子沒有了；胸腔割開了，心肝挖走了。唐勒帳篷外面的樹樁上坐著幾個孩子，嘴上胸前沾著血，手裡拿著爸爸的心肝一塊塊撕著吃，看見了救護的人也沒有反應。火邊扔著頭髮、骨頭、一塊塊的四肢。孩子的媽媽躺在帳篷裡，為了救孩子的命，叫他們有什麼吃什麼。至於她自己，她是死也不會吃丈夫的肉的。

四月間最後活著的幾個人也被救出來了。唐勒隊裡的人只有一半活過來了。史密斯講完了故事。他問我要到哪兒去。

「唐勒湖！」

他大笑：「我也收了一個隊員！」

……無可無不可先生，

坐在他無可無不可的國土，

想著他無可無不可的計劃，……

披頭仍然與沖沖唱著。廳上跳舞的人多起來了。

「無可無不可先生，你看見了我嗎？」史密斯跟著披頭唱，一面站起身向他的新娘哈著腰伸出右手，摟著她跳起舞來。原來那是一隻不鏽鋼的手。

桃紅　一九七〇年二月二日

附：寄上桑青北平日記一本——共產黨檢查下的走私品。

又寄上桑青身份證一張——國民黨的特產品。

桑青日記

北平

一九四八年十二月—一九四九年三月

我是飛機上唯一的乘客。

我在南京啟德機場上飛機的時候，航空公司的人又向我重複一遍：北平城已經被共產黨包圍了。所有的人向南逃。

我又向他重複一遍：那情況我完全明白。我決定到北平去。

飛機在白雲上面飛。

南京揶在白雲下面了：罷工、搶購、搶米、停課、示威遊行、流血暴動……

我的過去也揶在白雲下面了。

我只帶了半邊玉辟邪。

＊　＊　＊

北平是個大回字。
皇城。
內城。
外城。
共產黨在城外。
城內胡同裡吆喝著：
甜酸兒的大海棠啊，拉掛棗兒！
玉米花兒喲，糧炒豆兒哦！
買供花兒來，揀樣兒挑！
送財神爺來啦！

＊　＊　＊

沈家住在西城太安侯胡同一幢四合院裡。
大門。
垂花門。
跨院門。

上房三間。中間一間作為客廳。沈伯母和她兒子家綱住在兩邊的房間。一年前東北華北局勢惡化，家綱才從西廂房搬到上房去，辭退了廚子和車伕。

東廂房、西廂房的住戶流動不定。從關外逃來的，從山東逃來的，從山西逃來的，從河南逃來的，從河北其他地方逃來的——沒有一家人住上兩個月，又逃到南方去了。九月以來，共產黨占領整個東北，又在徐州一帶和平津一帶發動了戰爭。東、西廂房不容易出租。空著的房間就會被軍隊或難民占去。現在東廂房住著一家姓鄭的，土生土長，誓死不離開北平，把自己的房子便宜賣了，搬到沈家四合院的東廂房。每月租金十塊金元券。那十塊錢十一月份還可買二十包哈德門香菸，十二月份只可以買十包。西廂房住著錢媽和傻丫頭春喜。

南屋兩間下房，在垂花門外；住著二十幾個從太原逃出來的學生。（太原被共產黨包圍半年了。）南屋東首是大門。

小跨院成了我住的地方，本是家綱父親生前的書房。小小青石板院落，孤零零吊在四合院角上。

＊　＊　＊

天很黑很靜。正院裡一棵老槐樹，彎彎的，比天還黑，沒有花，向天伸著幾根枝椏。

轟——轟——沉沉兩聲在南方天邊響了。

南方的天空突然紅了。紅一點點滲過來了。槐樹枝椏上的黑天空也有些紅意了。

我和家綱急忙到上房去看他生病的母親。

她臉朝牆躺在炕上，大紅花被子露出細細的灰色麻花髻。錢媽剛為她梳了頭，拿著痰盂出去了。春喜坐在炕沿為她搥腿。

「小綱呀！」她對家綱說，仍然臉朝牆。「八路打炮了嗎？」

「八路還遠著吶！打炮也不會只打兩下呀！大概是什麼地方爆炸了。」

「八路炸的嗎？」

「媽，八路還遠著吶！」

「聽說我到西苑機場的第二天，八路就占了西苑。」我說。

「青青，那只是謠言，還沒有證實呢。」家綱說。「這些日子謠言滿天飛。頤和園有八路啦！多寶塔倒啦！孔廟大門前的玻璃牌坊毀啦！天壇的柏樹林要拔掉啦！雍和宮的金佛給人偷走啦！臥佛寺……」

「好啦！好啦！小綱，別說下去了！耳不聞心不煩。」

「媽，您別發愁。北京是帝王之都，逢凶化吉。蒙古人、滿清人、八國聯軍、日本人，全吞不了北京！北京反而把他們吞了！」

「你這麼一說，我也高興一點兒了，小綱。」

「媽，您不發愁，病就好了。」

「哪一天才好得起來呢？兩年來藥不離口，口不離藥。看醫、吃齋、求簽、許願，全沒有用！」

我望著春喜。「我到北平以後，只看見春喜一個人總是咧著嘴笑的。」

沈伯母轉過頭來看了她一眼。「我現在只想變個傻丫頭，什麼都不管，只管搥腿。天塌下來了，還是咧著嘴搥腿。」

「我現在只想變個倒馬子的。」家綱說：「揹著一個大圓桶，拿著一把長長的鐵鏟子，把地上的糞剷起來往背後大桶裡一扔，哼幾句西皮二簧。」

「春喜。」沈伯母朝著牆喊。

「嗨！」

「你的喜期快到啦！你要享福啦！我怎麼辦呢？沒人搥腿了。你要好好侍候萬老太爺呀！」

「嗨！」春喜用力點一下頭。

「春喜，你喜歡那老頭兒嗎？」家綱笑著問。

「死歡。」

「死歡他什麼？」

「死歡。」春喜仍然咧著嘴笑。

「死歡和他睡覺嗎？」

「死歡。」

「小綱。」沈伯母笑了。「不准嚇唬她！」

「開開心不也挺好嗎？北平哪兒也不能去了。……到處是軍隊和難民。」

「你找別人取樂去吧！好不容易我給她找了個主！她要是不肯走了，我就把她嫁給你！青青！」沈伯母突然轉身望著我。「你小時候我送你的那把小金鎖還在嗎？」

我解開衣領，把金鎖掏了出來。「喏，我貼身戴著的，抗戰勝利，我從重慶回到南京，媽媽就把這把金鎖給我了。」

「我給你金鎖那年還沒打仗。民國二十五年吧？我帶著小綱到南京去玩，住在你們家。你只有六七歲吧？小綱十歲。你們倆在一塊兒玩得樂得很。你生日那天，我送你這把小金鎖。你媽指著你笑著對我說：『二十根金條！我就把青青賣給你！』一晃眼就是十二年了。你的爸爸，小綱的爸爸——兩個換帖弟兄都過世了。」

「媽，這些年來，桑家在南方。咱們家在北方。抗戰以後才通上消息。青青說她就是衝著這把小金鎖到北平來的。」

「來了就走不了啦！青青！平津鐵路斷了。飛機訂座的有好幾千人，還得用金條買，可沒咱們的份兒。」沈伯母頓了一下，忽然叫了起來。「小綱，小綱！你媽的腳又抽筋了。」

家綱跑過去推開春喜，掀開大紅緞子鴛鴦繡花被。

一隻放大的小腳露出來了，尖尖的，打了皺，腳趾扭曲著。

「哎喲！哎喲！疼呀！」

「媽，我給您揉！每次我一揉，您就好了！」家綱兩手捧起腳，兩個大拇指順著腳背的筋絡按摩上去。

「好，好極了！小綱，別停！」

家綱兩手捧著他媽的腿肚揉。又用大拇指往下按摩到腳背，連聲問：「媽，好了嗎？媽，好了嗎？」

她沒有回答，望著她兒子手裡的腳，過了一會兒才說：「小綱，你用指甲掐掐你媽的腳。」

家綱用長長的指甲在腳背、腳踝不停地掐著。

「使勁，小綱，使勁！好，好，好！」

「媽，您腳背掐出了血，不疼嗎？」

「疼才好！我剛才看著你手裡的腳，看著看著，不是我的腳了。」

「不是您的腳，是誰的腳呢？」家綱笑了起來。

「你媽病得太久了，小綱。常常恍恍惚惚的。有時候，你在我眼前晃一下子，我還以為是你爸爸呢！」她把腳從他手裡抽了出來，向他晃著腳尖，笑著說：「你瞧，你媽的腳又活了。」

春喜又坐在炕沿搥著沈伯母的腿，仍然咧著嘴笑。

桌上的油燈一閃一閃地要熄了（兩天沒有水電了）。爐子裡的火也冷下來了。

家綱打開爐子的門，扔了一鏟子煤進去。火又竄起來了，越竄越高，要竄到爐子外面來了。他連忙把爐子的門關上了。窗紗上映著槐樹向天伸手的影子。

突然，一陣狗叫，從大門外一直叫進垂花門，夾著人的叫嚷。狗叫進了正院。叫聲拉長了，拉成了細細的哭泣。

「狗哭喪。」沈伯母又朝著牆了。「小綱，把狗趕出去！」

我跟著家綱走到院子裡。地上結了冰。天很黑。七八個流亡學生拿著棍子扁擔，向著牆角一團黑影子打過去。黑影子在兩個牆角之間來回跑著哭。另外七八個流亡學生站在一旁拍手叫好。

我問他們打狗幹什麼。

「圍城了沒吃的，人餓了要吃肉！」一個流亡學生咬著牙說。

＊＊＊

「青青，昨兒晚上我夢見你在天壇。」

「家綱，我從來沒去過天壇。」

「不去也罷，天壇、中南海、太廟、孔廟、雍和宮，全住上四面八方逃來的難民。往日的聖地神廟全污瀆了，我夢見的天壇可還有一小塊乾淨地方。」

「你知道，天壇是明清兩代皇帝祭天和祈禱豐年的神廟。四周是望不到邊的老柏樹。天壇有祈年殿、皇穹宇、圜丘。祈年殿是帝王祈禱五穀豐收的地方。是一座三層重簷圓形大殿，金色龍鳳花紋殿頂，青色琉璃瓦，沒有大樑長欞，三層重簷完全靠二十八根大柱子支持。皇穹宇是供皇天上帝牌位的地方，是一座小圓殿，金頂、藍瓦、紅牆、琉璃門。圜丘是帝王祭天的地方，是漢白玉石砌成的三層圓壇。壇心是一塊圓石。圓心外有九環。每環的石塊都是九的倍數。一環一環水波一樣散開。人站在那兒好像真的挨著天了。人在壇心輕輕說話，可以聽到很大的回音。」

「我夢見的天壇，景象完全不同了。祈年殿、皇穹宇、圜丘到處是難民的草蓆、褥子、單子。漢白玉石欄杆晾著破褲子。皇天上帝的牌位扔在地上，祈穀壇上到處是大便。」

「老柏樹一棵也沒有了。」

「只有圜丘的壇面還是乾乾淨淨的漢白玉石。只有壇面上的天空還是乾乾淨淨的藍。青青，我就夢見你躺在壇心，一絲不掛，望著天。你太乾淨了！我非對你撒野不可！我們在壇面打著滾，叫著。天地之間到處是你我的叫聲。天地之間只有你我兩個赤條條的身子纏在一起。」

他把我輕輕推倒在我房間的沙發上，脫去我的衣服。

我突然在沙發上坐起來了。「不行，家綱。你應該尊重我。」

「我知道你是個乾乾淨淨的女孩子。我要馬上和你結婚，青青。只要咱們結婚，就是現在上了床，你還是個乾淨女孩子。」

「就是和丈夫上床，也是很髒的事。」

＊＊＊

客廳的門打開了。很大的雪片在門框裡紛飛。槐樹枝子吊著白色小冰柱子。一隻烏鴉停在槐樹上，一動也不動，結成黑色的冰了。

杏杏跑進來了，取下頭上包著的紅圍巾，揮著身上的雪，一對長辮子一甩一甩的。她走進沈伯母的房間就說：「南苑機場火藥爆炸，死傷四十多人！」

「誰炸的？」家綱問。

「有人說是傅作義放棄機場炸的。有人說是八路奪取機場炸的。」

「那麼，八路果真要打進北平了。」

「沈二爺，八路打到城根啦！糧食蔬菜進不了城。城內的糧食快完了。我媽囤積了二十袋麵粉、四十顆白菜。政府放了大批犯人，為了省糧食。犯人還不肯出獄吶！出來了沒人管吃的，還得用刺刀逼著他們出獄。政府現在大赦大放！日本時代的漢奸全放了，還有好些遊行示威的學生也放了。咱們中國大學就有五六個學生放出來了。有人說傅作義在和八路談判和平，要和八路組織聯合政府。有人說傅作義要撤退到西北和馬鴻逵會師。反正北平不會是老樣子了。又有人說……」

「杏杏，你饒了我吧！別說了。」沈伯母躺在炕上對著牆說。

「杏杏，」家綱笑了。「報喜不報憂！咱們在這兒好好的，你一來就放連珠炮爆出一大串壞消息！請問，你在哪兒收集了這些謠言？」

「謠言？外面的世界變啦！您還關在家裡做沈二爺！學校民主牆上有各種報導。課也不上了！全在扭秧歌！」

「杏杏，八路來了你高興嗎？」

「我有什麼高興的？我不怕就是了。」

「你以為八路來了，你們萬家有好日子過嗎？你爺爺是大地主。你爸爸在南京做官！」

「那和我全不相干！我和我媽是舊社會的犧牲者！我爸爸十幾年不理我媽了，帶著姨太太和她的兒女在南方榮華富貴，沒有咱們的份兒！我媽在家侍候兩老。老太太死了，她還要張羅給老太爺討人呢！春喜！」

「嗨！」春喜仍然坐在炕沿搥腿，仍然咧著嘴笑。

「老太爺把新房都準備好啦！給你戴的花兒都買好了！」

「晚香玉。」

杏杏笑了。「傻丫頭！就是現在是夏景兒天，在北平城裡也找不著晚香玉呀！鮮花蔬菜全進不了城。大白菜也要用金子買！伯母，我今兒來就是為了春喜的事……」

「老太爺變卦了嗎？」沈伯母突然轉過身來。

「老太爺可不會變卦！他還要春喜早日過門呢！他說時局越來越壞，八路進了城，春喜就不能過門了。本來還要請兩桌客熱鬧熱鬧。現在客人都不能來了。有的突然到南方去了。有的要從四合院搬到三合院。有的要在東單擺地攤賣東西。有的還在亡命找飛機。老太爺叫我過來問伯母：春喜可不可以明兒就過門？」

「我哪裡捨得春喜走？幾年來我這條腿日夜都得搥。這年頭，要走的，要丟的，你都得捨！你明兒就把她領走吧！」

「春喜！」

「嗨！」

「你把東西收拾好，明兒一大早我來接你。」

「嗨！」春喜的嘴咧得更開了。

「老太爺這些日子眉開眼笑，誇我媽是孝順媳婦。時局不好，家裡的字畫都收起來了。老太爺把『萬綠叢中一點紅』的大壁畫又拿出來掛在大廳上：汪洋大海，紅日東升。他說掛那幅畫有雙重作用；那是元朝以畫取士得中鰲頭的一幅畫，含有吉祥的意思，顯得喜氣洋洋；八路來了呢，那幅畫又正迎合八路的意思。青青，」杏杏突然轉向我。「我真羨慕你，你可以一人從南方跑到北方。南方到底開明一點兒。我從來沒有到過南方。我一直想到南方去。我一想到南方就想到柳樹。」

「我早就想到南方去，走不了。」家綱望望他母親細細的灰色麻花髻。「南方對於我就是石頭城上跑不盡的城牆，就是雞鳴寺撞鐘的老和尚，弓著腰，一下一下扯著繩子，就那樣子撞一輩子的鐘。」

「北平對於我就是天安門上的灰鶴，就是重門深院的遜清王府和有狐仙的凶宅。」我說。

家綱笑著說：「所以你往北跑。我和杏杏要往南跑。」

「現在我才知道，南方、北方，全是一樣的亂。」

「聽見沒有？聽見沒有？」沈伯母臉朝牆，伸出一隻手憑空指點著。「南方和北方一樣亂！你們還是乖乖守在家裡吧！」

「在那北京城內，有個大圈圈。大圈圈裡頭有個小圈圈。小圈圈裡頭有個黃圈圈。我就住在那黃圈圈裡面。」家綱學著「梅龍鎮」上的正德皇帝說白。

杏杏馬上用鳳姐的腔調接了過去。「我認得你了。」

「你認得我是哪一個？」

「你是我家哥哥……。」

「噯。」

「的大舅子呀！」

「哎，豈有此理。」

「軍爺作事理太差，不該調戲我們好人家。」

「好人家來好人家，不該頭戴海棠花。扭扭捏捏令人愛，風流就在這朵海棠花。」

「海棠花來海棠花，反被軍爺取笑咱。忙將花兒摔地下。摔了它踏了它。從今後不戴這朵海棠花。」

「大姐做事理太差。不該踏碎海棠花。為君與你來拾起。我與你插……插……插上了這朵海棠花。」家綱把紅圍巾蒙在杏杏頭上。

「呸！我才不稀罕！」杏杏扯下紅圍巾，向家綱瞟了一眼，吊梢眼總有要笑的意思。

「沈二爺，回你的黃圈圈裡去吧！青青，你也來唱一段吧！」

「南方姑娘哪會唱戲？」沈伯母代我答話了。

「你會包餃子嗎？青青。」杏杏問。

「會。我把麵擀得薄薄的，再用杯口壓成一張張的餃子皮。」

沈伯母、家綱、杏杏全笑了。春喜看見他們笑，也跟著嘿嘿笑。

「窗兒花兒喲，鮮活！」

我不知道那是賣什麼的。

「快過年了，窗戶該糊糊了。今年就免了吧。」沈伯母說。「杏杏，你來了，我也暢快一點了。今兒你甭走了。就在我床上睡吧。熱鬧日子不多了。明兒省得你又跑一趟。一大早你就把春喜帶走吧。」

我在沈家仍然是個外鄉人。

＊　＊　＊

春喜拎著包袱笑嘻嘻出了門。

東廂房的鄭先生到上房來了。他突然來說他們一家四口第二天要飛到南京去了。他有一個姓孔的朋友要帶著家眷從南京飛到北平來。鄭家去住孔家在南京的屋子。孔家來住鄭家在北平的屋子。他問沈伯母是否答應孔家住東廂房。

沈伯母說：「只要是正派人，誰都可以來白住！總比軍隊難民占去了強。你們逃到南方去了又有什麼用呢？青青就是從南方來的，南方和北平一樣亂。」

我朝鄭先生點點頭。「徐州丟了！共產黨馬上就要渡江了！我才從南京逃到北平來的。」

家綱說：「我是不逃的。上次打仗是中國人打日本人，看見矮鬼子就知道是日本人。這次是中國人打中國人。是人是鬼，分不清楚。人人是鬼，到處是鬼。」

鄭先生無可奈何笑笑。「逃一天算一天吧！家裡東西全賣了！飛機票也買到了！先逃南京，再逃上海，再逃廣州，最後還可以逃到台灣！」他還說了一些「後會有期」之類的話。最後他問沈家是否可以保管他的一箱古玩和一箱字畫——全是祖上傳下來的無價之寶。

沈伯母躺在炕上連連搖手。「您行行好吧！鄭先生！那些東西趕快拿走！八路來了，那些東西要算在咱們帳上了。咱們自己一大屋子的家具皮貨古董還沒處扔呢！」

院子裡有霹霹拍拍的聲音。

鄭先生笑了。「您老放心吧！南屋的流亡學生正在幫忙！他們正把南屋的家具劈了當柴燒！」

＊＊＊

打炮了。

城門關了。

北平通外界的鐵路、電話、飛機全截斷了。

＊＊＊

「……蔣區人民注意收聽：中國人民解放軍馬上就要解放全國，請你們不要逃了！你們應該留在原地，採取有效辦法保護人民生命、財產、建築及物資。蔣區人民，請你們不要逃了！你們逃到哪兒，人民解放軍就追到那兒！遼瀋戰役已勝利結束。淮海戰役已接近決定性階段：人民解放軍正積極準備渡江。平津戰役也接近決定性階段：人民解放軍已完全將敵分割包圍於北平、天津、張家口、新保安、塘沽五個孤立據點，截斷了敵軍南逃西竄的通路……女鬼聞聽心害怕，尊聲閻王聽明白：也是我的爹娘心太狠，絕不該賣到煙花巷裡來。十二三歲學彈唱。十四五歲把客接。張三過來將奴要。李四進門要奴安排。賺了錢來老鴇子樂。咽吓！不賺錢來棍子打來鞭子挑，咽吓吓！……共匪不顧北平人民生命財產，於十二月十三日開始猛烈炮擊北平。華北剿匪總司令傅作義宣稱剿匪具有決心，決定作戰到底。傅

作義指揮下的六十多萬軍隊已採取神速動作保衛平津。數千工人正加緊在東單、天壇修築臨時機場。天壇柏樹林已全部拔掉……有本督在馬上忙觀動靜。諸葛亮在城樓飲酒撫琴。左右琴童人兩個。打掃街道俱是老弱兵。我本當傳一令殺進城。殺，殺不得……」家綱不停地轉著無線電的鈕子。

客廳裡的無線電整天開著。我和家綱整天守著無線電聽戰爭消息。無線電是北平通外界的唯一工具。

＊　＊　＊

吱——吱——炮彈一顆顆從四合院頂上刷過去了。

「搶房子呀！」流亡學生在院子裡大叫。「東廂房空著沒人住呀！」

「你們這些學生，無法無天！」家綱站在上房門口大叫：「你們占了南屋，現在又占東廂房了！政府規定強占民房者要以法嚴辦！」

「告訴你，北平城有二十幾萬軍隊。又有三、四百犯人釋放了！一家人住一幢四合院的日子過去啦！」

「反啦！反啦！東廂房已經租給一家南方人啦！」

「對不起！北平人逃不出去了！南方人也逃不進來了！」

「喂！喂！那兩箱古董字畫是別人鄭家祖傳的東西呀！別扔在院子裡呀！」

「對不起！天太冷了！咱們要生火！」

流亡學生來來往往把行李搬進東廂房。

院子裡到處是毀壞的古玩字畫。「長江萬里圖」撕破了撒在地上，竹雕筆筒裂了口。青花鬬彩葫蘆瓶破成了兩半。掛軸、字帖、經書有的濺了泥，有的撕破了。只有院子角上一尊泥塑的「愚公移山」還是完整的：老頭兒身穿黃衣，腳踏芒鞋，腰裡紮著白色搭袱，左手撩起長長的白鬍子，右手握著一把粗短的黑斧頭。小孩兒白衣藍褲紅圍兜，揹著黃簍子——一老一少站在岩石上昂頭向上望。

轟的一聲炮響。大門震開了。風沙捲進來了。

片片長江在四合院裡飄起來了。

＊　＊　＊

沈家辭退了錢媽，給了她三個月工錢。錢媽提到太太的首飾。她得了一根金鐲子。錢媽又說她上了年紀。太太突然把她辭掉，叫她到哪兒去呢？她侍候了太太十二年，沒有功勞，也有苦勞，太太應該再賞點兒什麼。她又得了一件羊皮襖。

錢媽一走，流亡學生又占了西廂房。他們又在院子裡殺了一隻狗表示慶祝。

＊＊＊

「小綱，天一下子黑了，點燈吧！」

「沒油了，媽。」

「那就坐著等天亮吧！」

「媽，您今天好些了嗎？」

「我一天不如一天了。」

「我來給您搥腿吧，伯母。」

「也好，青青，你給我搥搥吧。小綱，你也到炕上來坐吧！三人擠在一塊兒暖和一些。」

「好。」

「小綱，首飾箱就在我枕頭邊上。我把首飾清理一下，你就把首飾箱埋在地板底下去吧。」

「媽，您就在首飾箱裡一樣樣的摸嗎？」

「嗯。我摸著織錦袋子了。」

「媽，就是那個黑底天青粉紅織錦袋子嗎？還有天青粉紅兩股緞子編成的帶子。」

「對，小綱。你記得真清楚。我的好東西全在這袋子裡。我在袋子裡摸著金雞心了。」

「青青，你得看看我媽鑲在雞心裡照片的風姿。」

「可惜停電了。」

「不用亮，青青。我可以講給你聽。我媽挽一個元寶髻，戴一朵玉蘭花，額前一抹瀏海，黑緞子旗袍，喇叭袖，寬下襬，白絲圍巾，金絲眼鏡，拿著一本精裝洋書，站在小橋流水前面，踮起一隻腳，要走又走不了的樣子。」

「小綱，你把你媽的樣子記得那麼清楚！過了這個村兒就沒這個店兒啦！小綱，你猜我手裡捏的是什麼？」

「玉鐲子。」

「錯了。你週歲抓週的玉羅漢。我在哈德門外的曉市兒買的。我把玉羅漢縫在帽子上，你戴著照了張像，光著身子，坐在蒲團上，笑得像尊小彌勒佛。」

「青青，你怎麼不哼聲呢？」

「家綱，我在聽，在看。」

「黑得伸手不見五指。你看得見什麼呢？」

「你和伯母講的，我全看見了。」

「小綱，現在你媽摸著白玉鐲子了。民國二十二年春景兒天，廠甸火神廟有廟會，大小珠寶玉器舖都在那兒擺攤兒，我就在那兒玉器攤上看上這根白玉鐲子。那一年出的事兒可多吶！你奶奶死了，爺爺死了，春鳳流產死了。那時候咱們家還有春香、春霞兩個丫頭。」

「媽，家慶知道他是春鳳的兒子嗎？」

「怎麼不知道？他裝糊塗就是了，只因為春鳳是個丫頭。家慶是民國二十八年夏天從家裡逃走的。有人說他到延安去了。要是他跟八路來了，對咱們還有點照應呢。」

「媽，爸爸過去了。您又不是他親生的娘。只怕他還要找麻煩呢。」

「他娘死了也不是我的過呀！」

「不是那意思。我是說，只怕他要來鬧什麼階級鬥爭、掃地出門之類的事。」

「活一天快活一天吧，小綱，別談那些煩心的事了。青青，你看得見我手上這頂鳳冠嗎？」

「只看得見一個黑影子。」

「這是一隻紅鳳，兩顆小黑眼珠子兒，張著小翅膀兒，小尖嘴兒啣著一排紅縋子。小綱，你媽是鳳冠霞帔，花團錦簇的轎子抬進沈家的呀！」

「媽，您那個翡翠青蛙戒指呢？」

「在織錦袋子裡。好，我摸著了。這還是你媽的嫁妝呢。」

「伯母，您的春天就在那織錦袋子裡。」

「一點兒也不錯，青青。我摸著的是我這輩子最光彩的日子。現在是破風箏，抖不起來啦！」

「媽，這些首飾馬上就要埋起來了。我在想，您的翡翠青蛙戒指……」

「小綱，爐子裡的火要熄了。你再去找點兒煤來吧。」

「好。」

「青青，別搥了。好好兒坐坐聊聊吧。兵荒馬亂，你到北平來了，你不知道我有多歡喜。在南京我一看見你那小樣兒就愛得不得了。我就對你媽說，咱們兩家成了親家就好了。我給你的小金鎖也就是那個意思。打了這些年仗，你和小綱又在一起了。人生萬事，都是個緣法。再說，我也老了，也巴不得早娶媳婦兒早抱孫。咱們這一房就剩下小綱了。家慶當了共產黨，也算不了沈家的後人了。小綱告訴我，他要馬上娶你。知子莫如母。有些話我得向你交代清楚。我小綱是安份守己、存心忠厚的人。五個手指伸長了都有個長短。小綱從小嬌生慣養，沒受過折磨。你嫁了他，遇事還得讓著他一點兒。他什麼都好，就是有一個毛病，和他爸爸一樣，喜歡拈花惹草。我像樣一點的丫頭全給他父子倆糟蹋了。後來我才買個傻丫頭春喜。我防了老子又防兒子。啞巴吃黃蓮，苦哇！你知道杏杏到咱們家串門子為的什麼嗎？」

「我知道。我早看出來了。」

「那姑娘什麼都好，就是有些水性楊花。家慶在家的時候，她勾引家慶。現在她和小綱不乾不淨，你知道嗎？」

「家綱為什麼不娶她呢？」

「我反對呀！咱們家只有倆兒子。要是有老三、老四、老五、老六、老七、老八，她全要勾上！我告訴你這些話，你心裡就有數了。你嫁了小綱，他規規矩矩，是你福氣。他不規矩，你心裡有數也就不那麼苦了。那種苦我是知道的。我是過來人。我……」

「媽，咱們就剩下一點兒煤了。」家綱走進屋。

「省著點兒用吧。圍城還不知道有多久呢。小綱，我剛才和青青談到你們倆的婚事。」

「青青，咱們就在元旦結婚吧。今兒是十二月二十號了。啊，不，不能在元旦結婚。自從圍城以後，報上的結婚啟事也多起來了。元旦是結婚的日子。只怕連禮堂也找不著。咱們就在除夕那天結婚吧。越快越好。媽，您說好嗎？」

「當然好！媽給你把戒指都準備好啦。小綱，你拿去吧。」

「啊，油光水滑的一隻綠青蛙，就是在黑地裡也看得見。青青，我給你把戒指戴上吧。你的手伸給我吧。」

「家綱，我想回南方去。」

＊　＊　＊

「夜深了，小綱，把你媽的首飾箱埋到地下去吧。」

＊　＊　＊

家綱在大白天找來打鼓兒的。紅木家具，皮貨，綾羅綢緞，畫卷掛軸……沈伯母和打鼓兒的講好價錢。賣的錢正好買四袋麵粉和二十顆白菜。

夜又深了。打鼓兒的把東西抬走了。

＊　＊　＊

「……人民解放軍於十二月二十四日收復張家口，殲滅敵人共計五萬四千餘人……平沙雁落大道霜寒胡地風光……華北剿匪總司令傅作義表示，北平城防鞏固，共匪絕不敢輕舉妄動……手拉手兒入羅帳。我與你解扣脫衣衫。奴把睡鞋換。今夜晚，用心用意陪侍你。殺人也不過頭落地……中共權威人士宣布國民黨四十三人為罪大惡極的頭等戰犯。蔣介石於元月一日發表求和聲明，提出要在保存偽憲法、偽法統和國民黨軍隊等條件下，與中國共產黨談判和平……」

「九龍壁倒了！九龍壁倒了！九龍壁！倒了！倒了！」沈伯母臉朝牆躺在炕上恍惚地說。

她兩天沒進飲食了。

＊＊＊

炮打得更密了。四合院的窗戶震著響。有幾次大門也震開了。風沙也大起來了。

我一走進家綱的房，就看見他和杏杏擠在一張椅子上。杏杏坐在他腿上。他的手插在杏杏敞開的衣襟裡。他們倆突然站了起來。

我出門跳上三輪車，直奔北京飯店打聽飛機的事。民航飛機在天壇臨時機場降落成功了。由於缺乏汽油，每星期只有兩班飛機。我訂了一張機票。登記號碼是八千零二十一號。預定三個月以後起飛。現在剛過了陽曆年。

我在風沙裡走到北海。北海最近開放了。

金鼇玉蝀。

雙虹榭。

道寧齋。

漪瀾堂。

五龍亭。

最後我走到九龍壁。九條彩龍在藍天綠水之間飛舞，玩弄著金黃龍珠和火舌。四周鑲著金黃框子。龍，天，水，龍珠，火舌——全是發亮的琉璃磚鑲成的。九龍壁高兩丈，長二十多丈，從元朝起就立在那兒，已經七八百年了。

我回到跨院。家綱在房裡等我。他說他愛的是我。杏杏愛的是他哥哥家慶。他們在一起的時候，他就希望我撞進去；她心裡想的是沈家慶。

我告訴他我已訂好了回南方的機票；他媽早將實情告訴我了。

「我的媽！我的媽！她要把我逼死！」家綱跺著腳說：「青青，要走咱們一起走！」

他從上房他媽那兒回來的時候，臉上有紅紅的巴掌印。

＊＊＊

「……新華社元月十四日電：中共中央毛澤東主席已拒絕蔣介石元月一日的和談要求。毛澤東同志聲明在八個條件的基礎上進行和平談判：（一）懲辦戰爭罪犯。（二）廢除偽憲法。（三）廢除偽法統。（四）依據民主原則改編一切反動軍隊。（五）沒收官僚資本。（六）改革土地制度。（七）廢除賣國條約。（八）召開沒有反動分子參加的政治協商會議，

成立民主聯合政府。人民解放軍廣播電台在天津發音：人民解放軍已於本日解放天津，活捉天津偽市長杜建時及國民黨警備司令陳長捷等人。天津市郊十幾個村莊現仍在大火中……」

共產黨的廣播叫遍了沈家的四合院。東廂房的流亡學生扯下門鈴的電線裝成了無線電。沈家門鈴啞了。

＊　＊　＊

共產黨向市中心打炮了。

天壇機場關閉了。

城門打開了——逃進城的難民又逃回城外。每天有四、五千人在城門等待出城。

錢媽和兒子到沈家來要求分一半四合院。沈家只好又給了她一兩金子。

她把金子縫在板帶裡紮在腰上。她在城門口站長龍等衛兵檢查出城。太陽快落下去了。天黑以前就要關城門了。輪到錢媽檢查的時候，一輛拖水肥的騾車來了。騾子看見人多，樂得跑起來了。衛兵追，騾子跑，大糞灑了一地。騾子停下來，城門關了，出不了城了。一顆炮彈正好落在錢媽頭上。騾子又樂得跑起來了。

錢媽的兒子來報喪，要求沈家買棺材。

＊＊＊

內房噗通一聲。

我和家綱從客廳跑進他媽的房。她躺在地板上，眼睛出奇的亮，定定望著我們。

家綱要把她抱到床上去。她一揮手。

「別動！我要說話！你爸爸和春鳳回來了。我和他們說了半天話。我撒了一輩子謊。我也聽了一輩子謊。現在我可要說老實話了。家綱，你媽對不起你。你媽把你捏死了。你媽不要你成龍成鳳，只要你平平凡凡跟你媽一輩子。你媽存心把你壓得低低的，說你臉軟呀，吃不來苦呀！你媽慫恿你和丫頭胡鬧，看著你和杏杏睡覺！我明白你和她們不認真！我給你爸爸收上春鳳也就是要把他捏在手裡。現在你對青青可認真了。你們在一起有說有笑的時候，我就一個人躺在床上流淚。我在青青面前破壞你。你要我放生。你說你不能跟我一輩子。我說你媽為你守了一輩子，就是你爸爸過世以後，也還有人對我好。你說你倒希望我再嫁！我打了你一耳光。你到青青房裡去了。我抱著你脫下的棉襖哭了一夜。我捏自己的腳，就像你那樣子捏法，就像你爸爸那樣子捏法……」

「媽……」

「別打斷我的話！」

「媽，我只想問您一句話：爸爸外面有女人，您怎麼受得了呢？」

她躺在地板上笑了，把褲子往下扯，露出一半臀部，拍著臀部說，「你媽有一寶：好身子。上了年紀，身子乾了，這一塊肉還是好好的。就是這麼一塊肉，不知造了多少孽。你媽和你爸的一筆爛帳兩相抵銷了。你不同呀！家綱，你媽這一輩子都是為了你呀！你……」

「媽……」

「別打斷我的話！我非說不可！家綱，你不是沈家的兒子！家慶才是沈家的嫡系子！」

「我是哪兒來的呢？」

「你是白雲觀的神仙賜的……」

「媽……」

「你聽我說！春鳳是我陪嫁的丫頭。我不生育。我以為她生了兒子我就可以抱過來了。她一生了兒子就抖起來了！誰有兒子誰就得沈家天下。我急了。找醫生，沒有用。燒香許願，也沒有用。就是不生！民國十四年正月十八，我們常在一起打牌的幾個太太去逛白雲觀的廟會。你爸爸到濟南去了。白雲觀那天晚上開神仙大會。半夜，兩三百善男信女在殿上唸經。唸著唸著，畫燈亮了，鐃呀鼓呀打起來了，神仙下凡了：元始天尊，玄玄上人，通天教主，玄天上帝，金箍仙，烏雲仙，金光仙，白鶴童子，水火童子……大小神仙全來了。金箍仙說我要得子就得借胎。他帶我到四御殿拴走一個瓷娃娃，又帶我到殿後的柴房教我借胎。

九個月以後，我就生了你，家綱。我可以和春鳳平分天下了。誰知她又有喜了。我把大寒的葛根研成粉滲在茶裡。她喝了就小產了，流血流死了。家綱，你媽心裡的話全說出來了。你罵我吧。你恨我吧。我心裡障礙全消了。」她突然轉身用手指點我。「青青，我也有話要和你說。你到北平，我第一眼看見你就不喜歡你！你眼睛裡水太多了。你是個妄想顛倒的姑娘。貌似貞潔，心如蛇蝎。你是個連老子也要意淫的姑娘。你是個大剋星：剋父，剋母，剋夫，剋子！家綱，你還要娶青青嗎？」

「只要她答應。」

「她的毛病你都認了嗎？」

「認了。」

「家綱，你到底為什麼要娶她呢？」

「她和北方的女孩子不同。我在北平太久了。」

「青青，你願意嫁家綱嗎？」

「願意。」

「家綱，你當真下決心娶她嗎？」

「我早下決心了。」

「我的兒！這才是男人！你和ㄚ頭、杏杏鬼混，就是要做男人，對不對？你可一直沒逃出你媽的手掌心！現在你是個男人了！你……」

「媽，地板太涼了。我和青青扶您上炕躺躺吧！」

「只有一個條件：我上了炕還得說下去。不准打斷我的話！我一停就看見九龍壁向我倒下來了！」

「您說下去吧！媽，不要停。」

＊　＊　＊

雙喜金字在正中間。兩旁各掛兩幅喜帳。長條几鋪了紅毡氈，上面點了一對大紅燭——結婚禮堂就在沈家客廳。

賀客十三人。杏杏、她母親、萬老太爺、春喜，一家四口全到了。（春喜有喜了。）我的結婚禮服是向杏杏借的一件大花大朵絲絨旗袍。杏杏把我長長的頭髮梳成一根根油條吊在肩上。她說那是歐洲貴婦髮型，正好托出我古典的尖削臉。我右耳墜上的一個小缺口也給油條遮住了。左眼下邊的一顆痣在塗過脂粉的臉上顯得更黑了。杏杏攙著我從跨院走到禮堂。

新郎已經站在兩支大紅燭之間，面對著證婚人萬老太爺。他的媽由人扶到禮堂，坐在長條几上首。（她不停地講了兩天兩夜，現在平靜下來了。）

炮彈在四合院頂上吱——吱——叫。

「……**蔣總統因故不能視事，宣告引退……**」流亡學生的無線電在四合院裡大叫。

他們在客廳門口來來往往看熱鬧。

我在新郎旁邊站住了。

司儀叫「婚禮開始」。證婚人萬老太爺致詞。

「……謙謙君子，窈窕淑女，真是天作之合。咱們中國人立身處事，首重道德。才德全盡之人不可多得。與其得才子，不若得君子……」

「……**華北剿匪總部宣稱：我軍五萬餘人已安全撤退塘沽……**」

「……自古以來，國之亂臣，家之敗子，才有餘而德不足，以至傾國敗家者，不計其數。因此家綱之德在此亂世尤為珍貴。而家綱之德又歸功於孟母第二……」

「……**在八年抗戰之後，繼之以三年內戰，不僅將抗戰勝利後國家可能復興之一線生機毀滅無遺，而戰禍遍及黃河南北，田園廬舍悉遭摧毀荒廢，無辜人民之死傷成千累萬……**」

「……治家之道首在不聽信婦人之言，不薄父母，家門和順，雖逢亂世，自有天倫之樂……」

「……**我軍已由蚌埠、合肥安全撤退，並將淮河大橋炸毀……**」

「……桑府世代書香。桑小姐自是賢慧人。我引用女兒經幾句話作為贈言：『夫君話，就順應。事公姑，如捧盈。修己身，如履冰。』最後恭祝新郎新娘琴瑟和諧，子孫綿綿。」

「……傅作義和共產黨在西山談判和平。和談代表前市長家裡有兩顆定時炸彈爆炸了……」幾個流亡學生在門口談論。

介紹人致詞。他首先「鄭重聲明」，他是臨時給人拉上台當介紹人。講到「台」字，他四周望望，低聲補充了一句：「沒有台。戡亂期間，一切從簡。」

轟轟兩下很大的炮聲。禮堂的門來回擺動。

介紹人掃了一下嗓子，說他是君子成人之美，決不多講話，不願耽擱新郎新娘的良辰美景。「那一片景緻呀，山崩地裂，晃晃朗朗現金光。枝枝葉葉。有花有朵。也有果——有核有仁的果，硬硬朗朗的核，包著細細軟軟的肉。」他又講了兩個笑話，最後才警告新郎新娘：「洞房花燭夜必須防諜保密，都城鞏固，否則天下大亂矣。」

＊＊＊

新房在跨院。房裡有一張床，一個書桌，一個櫥子。其他家具早賣給打鼓兒的了。長條書桌是家綱父親用過的，上面仍然擺著他的東西：大理石筆架，兩排筆筒插了十二支大大小小沒沾墨的毛筆。白銅雕花墨盒有兩塊沒沾墨的白絲棉。一札信紙印著紅字「苟安齋」。

一對大紅燭就點在那張書桌上。爐子裡的火很旺——家綱跑了一下午才買到一簍煤，特為辦喜事用的。

炮聲突然停了。

家綱拿著電筒在新房每個角落和床下照了一遍。又到跨院每個角落照了一遍。

他進來把房門關上了，扣上了。

我坐在床沿。

他向我打手勢，指指我，又指指床。

我沒有動。

他扯扯我衣服。

我仍然沒有動。

他在房裡走來走去。（他不能說話。新郎先開口就先死。）他的影子在牆上跳，跳到牆頂就突然變大了，在天花板上撲過來。

他走過來坐在我旁邊，為我解衣服扣子。他解開一顆，我就扣上一顆。

他把我一把推倒床上，把我衣服脫得精光。他自己也脫得精光。衣服扔在地上。

我溜進紅花被子。他掀開被子，倒在我身上，渾身上下摸我的身子。我身上突然刺癢。我在他身子下面扭著擦癢。他挪開臉撇著嘴望著我。我拉起他的手就著蠟燭的光看。什麼也沒看見，我的髮根和腳底都癢起來了。我把他一把推開，渾身上下亂抓。

他在自己身上也抓起來了。

我們倆就在床上抓自己的身子：躺著抓，坐著抓，滾著抓。

他下床拿來一支蠟燭，繼續在身上抓著。

原來滿床沾著毛絨絨的東西。不知是什麼人鬧房的惡作劇。

我們用刷子互相刷著身子。又用刷子刷床。

我們回到床上，突然聽見狗叫。還有人聲和鑼聲。

「打死那畜生！」流亡學生嚷著。

狗，人，鑼，從大門口、垂花門一直衝進跨院。

他們在跨院門上掛了一盞油燈。窗紙上立刻現出一堆人影，拿著棍子。

狗仍然叫著。

窗紙上的人影突然不見了。

噹——一聲鑼聲。

窗紙上現出了六個影子：六根棍子支著人頭，一律向狗叫的方向點頭磕腦扭著。

窗子底下發出了人聲。「新郎新娘，恭喜恭喜！今日是沈府大喜，不鬧不發。咱們是天南地北湊在一起的皮影子：豬八戒，孫悟空，鐵拐李，鍾離，雷公，狐狸精，白蛇精。咱們有頭沒身子。人是有身子沒頭。」

噹——

趙錢孫李　　（老生）
隔壁打米　　（丑旦）
周吳鄭王　　（老生）
偷米換糖　　（丑旦）
馮陳褚衛　　（老生）
狗爬神櫃　　（丑旦）
蔣沈韓楊　　（老生）
吃子勿響　　（丑旦）
大學之道　　（老生）
先生摜倒　　（丑旦）
在明明德　　（老生）
先生抬得　　（丑旦）
在親民　　（老生）
先生扛出門　　（丑旦）
在止於至善　　（老生）

先生埋泥潭　（丑旦）
君不君　（老生）
君不君、程咬金　（丑旦）
臣不臣　（老生）
沉不沉、大火輪　（丑旦）
父不父　（老生）
浮不浮、大豆腐　（丑旦）
子不子　（老生）
紫不紫、大茄子　（丑旦）

窗紙上的影子晃來晃去地唱。我和家綱躺在床上，仍然亂抓身子。影子向狗晃過去，狗就嚎叫起來了。影子向我們晃過來，我們就在床上凝住了。

噹——

一二　（小丑）
二一　（丑旦）
一二三　（小丑）
三二一　（丑旦）

一二三四（小丑）

四三二一（丑旦）

一二三四五（小丑）

五四三二一（丑旦）

一二三四五六（小丑）

六五四三二一（丑旦）

一二三四五六七（小丑）

七六五四三二一（丑旦）

一二三四五六七八（小丑）

八七六五四三二一（丑旦）

一二三四五六七八九（小丑）

殺呀！（小丑，丑旦）

所有棍子上的人頭向狗撲過去了。只聽見崩崩崩棍子一齊打在牆上。

狗尖叫一聲，新房的門爆開了。

狗衝進新房。

它在兩個牆角之間跑來跑去，最後鑽到床底下去了。狗在床底下歇斯底里地叫，背頂著床綳子亂扭。它也沾上地板上灑著的毛絨絨的東西。

一群流亡學生站在房門口，手拿棍子支著臉譜，笑嘻嘻望著我們——床上的人和床下的狗。

我和家綱掀開被子跳下床。

他們拍手叫好。

我光著身子站在牆角。家綱光著身子把床綳子一把抽了起來。狗在床架子裡面亡命跑，亡命叫。

流亡學生用棍子把狗逼出去了。

家綱關上門。

狗在跨院裡嚎叫。

棍子沉沉打下去。

狗不叫了。

我和家綱躺在床上，聽見狗皮擦石板的沙沙聲——人把狗的屍首拖走了。我的身子縮成一團。

家綱翻身跨在我身上。

「青青，原來你不是處女！」他鑽進我身子，冒出了洞房花燭夜裡第一句話。他咬咬牙——他先開口說話了。他要倒楣一輩子。

＊　＊　＊

「……北平恢復和平。傅作義發表和平聲明。自元月二十二日起傅作義率領的二十餘萬軍隊開出北平城外，聽候人民解放軍改編。平津戰役終告結束……」

炮停了。燈亮了。

胡同裡又吆喝起來了：

玉米花兒喲！糧炒豆兒哦！

甜醉兒的大海棠啊，拉掛棗兒！

天下雪了。很細很細的雪，在空中浮游——

我到北平之後稀有的幾場雪。

＊　＊　＊

家綱仍然趴在我身上，頭吊在我肩上，一下子斷了氣。

他逼著我講瞿塘峽裡流亡學生的事。我說過去的事我早忘了。我說從洞房花燭夜起，我就下了決心，就是滾刀山，我也和他一起滾；就是守寡，我也守一輩子。他說洞房花燭夜不應該想到守寡。而且，他先開口說話。這一切全是不祥之兆。他從我身上翻過去躺在床上。我聞著兩腿之間濕濡濡的氣味只想嘔吐。我拉起他的手放在我乳房上。他又順著我身子摸下去。

他的手在我肚子下面突然停住了。他問流亡學生是不是那樣子摸我身子。我又重複了一遍：過去的事我早忘了。他說他腦子裡有鬼：摸的是我，想的是他。

我說那就別碰我了吧。他說那個他也辦不到。我說那就繼續下去吧。

他的手又順著我小肚子摸下去。冬天的太陽照在窗紙上。

他在我身上抽了幾下，翻身倒在床上，用毛巾擦腿，笑著說共產黨進城一年以後一定會發現人口大增，因為圍城，人們無聊，只好上床。我們的孩子可以叫做圍城的一代。

「過年啦！送財神爺來啦！」賣財神紙馬的在垂花門內叫起來了。

＊＊＊

「起風了。小心。燈花兒別滅了。小綱，小心把你媽的燈花兒托好哇……沈家五房的人又在一起散燈花兒了。人人托著一碟燈花兒。一共有千來個燈花兒呀。老太爺、老太太的燈花兒擺在第一排。五對兒子媳婦兒、孫子們的燈花兒，加上姨太太們的燈花兒，從供案前面地上順序擺下去，穿過三個院落，一直擺到禮士胡同口……把燈花兒傳下去呀……把燈花兒托好呀。小綱，小心。風大起來了……」

「媽。」家綱站在炕前。「媽，您醒了嗎？八路軍進城了。今兒有大遊行。我和青青、杏杏去天安門看看。」

「啊，燈花兒熄了嗎？」她在炕上轉過身來。「小綱，你媽的燈花兒呢？」

「現在可不能散燈花兒啦！媽。八路進城了。」

「啊，我還以為咱們在東城禮士胡同呢。」

「那是二十年以前的事啦，媽。今天是民國三十八年二月三號呀！咱們住在西城太安侯胡同。八路進城了。咱們去天安門看看，也知道八路究竟是什麼樣兒？」

「別去看了。小心碰著家慶。」她盯著我們看了一會兒。「小綱，青青，杏杏，你們都在我面前嗎？」

「是，媽，都在您面前。」

「我不行了。」

「別說那話，媽。您躺得太久了。您好了，咱們陪您出去逛逛。」

「好。和往日一樣，春景兒天去崇效寺看黑牡丹。武則天擊鼓催花都不肯開花的黑牡丹，我可看見過開花了。」她笑了一下，又轉身朝著牆。

「是呀，媽。您還看見過御花園裡瓊花開花呢。北京只有一株瓊花，每年只開一次。牡丹是富貴花，瓊花是太平花，您全看到了。」

「是呀，小綱。你媽也算是有福的人了。小綱，今年打仗，年過得草草。一張門神就過了年。來年咱們可要好好熱鬧一下子。」

「好，媽，我陪您去辦年貨，在花兒市買幾張好年畫，『福壽三多』，『吉祥如意』，『富貴有餘』，『肥豬拱門』，『招財聚寶』，全買來！還買幾盞好看的花燈。院子裡，屋子裡，只要是有人走的地方，全貼上年畫，掛上花燈。咱們再買幾串大炮仗，放得大紅紙屑滿院飛。我還要揀幾朵好看的絨花，紅紅綠綠給您戴滿一頭！」

「你可要把你媽打扮成個花旦嘍。」她對牆笑了。「過年五花八門可多著啦。臘月二十三晚祭灶。三十夜迎灶王迎喜神。正月初二祭財神。初八散燈花兒，謝祖先蔭德，保祐一家人清吉平安，十三到十七就是燈節了。咱們要買一盞好看的琉璃蓮花燈掛在大門口……」

「大門給那些學生拆了一扇當柴燒了。」杏杏低聲對我說。「老太太那樣子說下去，咱們看不成遊行了。」

「小綱，青青，杏杏，你們坐下來聊聊吧。聊點兒叫人暢快的事。你們知道嗎？這些日子我一個人大街小巷全走遍了。我以前去過的地方又去了一趟。白雲觀，蟠桃宮，雍和宮，護國寺，隆福寺，火神廟——那些地方的廟會。譚鑫培、楊小樓、余叔岩唱戲的文明茶園。梅蘭芳、楊小樓唱戲的吉祥茶園。東安市場、西安市場的老虎攤。故宮，來今雨軒，頤和園。還有北城的臨河第一樓，吃芝麻醬燒餅，聽遜清太監談清宮事。還有中南海，什剎海，北海——北海的九龍壁還沒有倒。還有……」

「媽。咱們非走不可了。再不走就看不到遊行了。」

「小綱，眼不見心淨。何必去看八路呢？」

「人人都去了，伯母。」杏杏說話了。

「小綱，你碰著家慶怎麼辦？」

「家慶回來了，一家人不就團圓了嗎？」杏杏說。

沒人答腔。家綱順手扭開了無線電。

「……妾乃西楚霸王帳下，虞姬是也，生長深閨，幼嫻書劍，自從隨定大王，東征西戰，艱難辛苦，不知何日才得太平……」

「好吧，你們走吧。」老太太說。「我就聽梅蘭芳的霸王別姬吧。」

＊＊＊

很大的風沙，平地滾起。一會兒工夫，人也好，東西也好，用手一碰，全成了沙——整個北平城化成沙了。天安門前的公安街、棋盤街、司法部街和兩旁的東、西長安街，到處是人影在沙裡晃動。

「看見天安門了嗎？」家綱問我。

我們在西長安街上朝著天安門走。

「什麼也沒看見。沙太大了。」

家綱和杏杏爭著對我這個外鄉人談天安門：

天安門是皇城的正門。皇城之內是護城河。護城河之內是紫禁城。紫禁城之內是皇宮。每個宮殿圍著高大的圍牆。天安門是一座重檐城樓，墊著白玉石的須彌座，頂上蓋著黃琉璃瓦。紅牆，紅柱子。天安門內外有各種怪獸和飛龍的裝飾。垂脊上有龍、鳳、獅子、麒麟、天馬、海馬、魚、獬犼，還有一個仙人。正脊兩端有龍頭形的獸，背上插著扇形的劍，為了防止它逃走。正脊和垂脊上還有十個叫做「鴟吻」的獸，尾巴像貓頭鷹，可以激浪成雨。天安門前面是外金水河。河上有七座石橋，橋邊有一對漢白玉石擎天柱。柱頂有承露盤。盤上蹲著天犼，又叫望君歸，朝南望著帝王遊幸歸來。粗粗的玉石柱子蟠繞著一條大龍。龍有四足，每足五爪，在層層迴環的雲朵中飛舞。天安門前面還蹲著一對大石獅子，寬朗的前額，鬈曲的鬃毛，昂頭張著笑嘴，圓潤的身子披著纓絡彩帶和鈴鐺。左邊的雄獅用右爪玩著繡球。右邊的雌獅用左爪玩著小獅子。那些獸和龍全衛護著皇宮。雌獅肚子上就有個槍眼。明末李闖王打進北京城，打到天安門前，石獅子活了，跳起來向闖王撲過去。闖王猛刺一槍。獅子又定住了。直到今天，每逢下雨，獅子肚子上的槍眼還流著血呢。

「歡迎人民解放軍進入北平！歡迎人民解放軍進入北平……」非常清晰的女廣播員聲音在遠處叫起來了。

天安門就在面前。我們正站在受傷的獅子旁邊。天安門上掛著五星旗、巨型的毛澤東畫像和標語：「慶祝北平解放！」「天安門是人民革命的聖地！」「天安門燃燒著永不熄滅的鬥爭火燄！」……風沙在旗幟、畫像、標語上打滾。廣場上的人影向著天安門晃動。

「……歡迎強大的人民軍隊進入北平！人民解放軍是祖國和平的保護者！是祖國社會主義建設的保護者……」聲音大起來了。風沙裡，仍然只有聲音。仍然看不見人。

「……北平解放是遵照中國共產黨八項和平條件，以和平方式結束戰爭第一個好榜樣！北平解放加速了人民解放戰爭全國勝利的到來……」一團影子在風沙裡晃來了。

一幅巨大的毛澤東畫像，額頭被風吹得直搖晃，在風沙中現出來了，畫像頂在一群青年頭上。他們全在廣播車上。

「毛澤東萬歲！」

「擁護毛主席八項和談條件！懲辦戰爭罪犯！廢除偽憲法！廢除偽法統……」

叫嚣在風沙裡捲走了。

工人。

青年學生。

兒童。

公務員。

……

一批批的人叫著口號在天安門前走過去了，揮著被風吹破的標語。

大鼓、銅鈸、喇叭、嗩吶突然響起來了。幾十個男女踩著高蹺，寬袍大袖，搖著彩扇，和著大鼓、銅鈸、喇叭、嗩吶的調子扭秧歌。

人民解放軍從風沙裡走出來了。

步兵。

騎兵。

裝甲兵。

……

坦克車架著機關槍和大炮，後面跟著救護車和吉普——幾百輛車子，全是美式裝備，在天安門前面沉沉開過去了。士兵六個一排，全副武裝，打皺的臉，定定的望著前面，沒有表情，很年輕，也很衰老，向著飛龍走獸守護的天安門走過去，在風沙裡消失了。一排又一排的士兵從風沙裡走出來了。

「嗨！走不完的人！」在天安門前靜靜觀望的群眾中有人那麼說。

「他！」杏杏抓住我的胳臂。

「誰？」家綱問。

「……」

「誰呀？杏杏！」

「你哥！」

「在哪兒？」

「哪！那個穿制服，背對著咱們，指揮隊伍喊口號的人！」

我們三個人全踮起腳看，只看見那人半邊臉。又是一陣風沙捲來了，我們睜開眼睛的時候，那人已經捲進風沙裡了。

＊　＊　＊

門神貼在半扇大門上，一身彩色盔甲，瞪著圓眼珠子，撇著大鬍子，上身向左，下肢向右，挺胸凸肚，一橫一直的丁字腿，一手拄劍，一手揮劍。

幾個流亡學生從南屋裡走出來，把門神撕破了。鼻子。左眼。右眼。嘴。胸膛。肚子。腿。一片一片撕破了，扔在結冰的地上。

他們在半扇門上貼上了一張標語：

保護人民財產是首要的任務！

沒有門的那一邊露出了垂花門上的標語：

革命的鮮血結出了鮮艷的果子！

「……春鳳，你兒子回來了，你也回來了。好，你們都來和我算帳吧……」我走進房，聽見老太太躺在炕上含糊地說。「……春鳳，你兒子當了共產黨，你也抖起來了……你來接我上西天……我上不了西天了……觀自在菩薩，行深般若波羅蜜多時，照見五蘊皆空，度一切苦厄。舍利子，色不異空，空不異色。色即是空，空即是色……九龍壁倒了，壓在我身上了，我鑽不出來了。春鳳，拉我一把吧，春鳳，春鳳……」

「不是春鳳，是青青在這兒。」我坐在炕沿，搥著她的腿。

「啊，春鳳不在這兒。」她仍然臉朝牆躺著。「家慶在這兒嗎？」

「他根本就沒來過。」

「你們不是在天安門看見他了嗎？」

「我們只看見半邊臉，不知道到底是不是他。」

「春鳳在世就好了。衝著他親生的娘，家慶也不會給沈家搗亂吧。」

「他也許還沒到北平呢。您別想得太多了。」

「腦子不聽使喚了，我不要想的，它偏要想。欠別人的，虧別人的，全想起來了。青青，你恨我嗎？」

「不恨了。」

「青青，有一件事我得告訴你。」

「好。」

「當年我不生育，在火神廟廟會上的『皇極神數』問卦。卦上說我不生則已，生子必生貴子，不過沈家子孫單薄，我得小心。言外之意，沈家香火要斷了。家慶是共產黨，沈家不能靠他傳宗接代。就只有靠家綱了。」

「我有喜了。」

她突然轉身拉著我的手。「青青，你有喜吶！那我就放心了。現在榮華富貴我全不想，我只想一大群兒孫圍在我面前。不，不，全圍在大廳上，一人托一盞燈花兒，一長串燈花兒，像一條大火龍。」

「您會有那麼一天。我要生一大群孩子。」

她捏捏我的手笑笑。

「……狐狸皮呀……人民……共產黨……」流亡學生在院子說話。

「青青，別到院子去。危險。」

大廳有腳步聲。

「家綱呢？」

「到胡同口剃頭棚兒剃頭去了。」我沒有告訴她：他到人民法庭去了。

「有人來了。家綱回來了吧。」

走進房的是杏杏。「伯母，我特地來告訴您一件事，您知道了好防備。我親眼看到的，就在王府井大街。街上從前貼國民黨標語的地方，現在全換上了共產黨的標語。一個穿得很闊氣的太太，披著狐皮大衣在地上爬。一群學生圍著她扭秧歌，對那女人指指點點說：『新中國的人不穿獸衣。只有四腳爬的獸才有獸皮。』伯母，我知道您有好些皮貨，您千萬別穿呀！院子裡的學生就說這個四合院是不准人穿狐狸皮的。」

「我的皮貨有的賣了，有的送人了。還有一件狐皮襖沒賣掉。喏，我搭在床頭，我起來就披一下。杏杏，你說我怎麼辦呢？」

「現在您把狐皮襖送人都沒人要啦！」

家綱走進屋。杏杏把剛才的故事又講了一遍，還學著披狐皮的女人在地上爬的樣子。

家綱拿起床上的狐皮襖跺腳說：「這成了個什麼世界！早知如此，就是討飯也要討到南方去！」

杏杏笑了。「沈二爺，南方也要完啦！行政院已經從南京搬到廣州去了。和談代表邵力子，章士釗，一共五個人已經到了北平！」

「杏杏！」家綱盯著她望著，「你一個姑娘家，如何知道外面許多事，你……」

「家綱，我可不是共產黨！」杏杏也盯著他，牽起一邊嘴角笑。「我想當共產黨還當不成呢！成份不純！但是，世界變了，咱們就得重新學習，重新做人，不然活不下去呀！人民解放軍北平軍事管制委員會已經成立了！各種討論小組也成立了。外面每天都有討論會，遊行，演講。昨日就有二十萬人在天安門開會。現在工、農、學、商，不論是什麼人，都忙得不得了！你沈二爺還在家裡抱著舊皮襖，不知道把它怎麼辦呢？」

「扔到糞坑裡去！」家綱抱著皮襖往外走，對我丟了個臉色。

我跟著走到大廳。

「從今以後，對杏杏要小心。」他低聲說，摸著狐皮的毛。「她也許是共產黨的外圍分子。」

「人民法庭的案子怎麼樣了？」

「錢媽兒子告咱們剝削勞工，把錢媽折磨死了。他要分一半四合院，還要咱們出錢安葬錢媽。」

「人民法庭怎麼判決呢？」

「房屋是人民的，不是姓沈的，也不是姓錢的。咱們再付他一筆錢了事。總有一天，咱們會掃地出門。你就躭在屋裡吧，別到外面去，那些學生太囂張了。」

了。

家綱把狐皮襖包在包袱裡。天黑下來了。他拎著包袱在天井裡扭秧歌的學生之中走過去了。

他轉來的時候，杳杳連說帶笑地講著她爺爺和春喜的事。春喜肚子大起來了。老太爺卜卦：春喜必生貴子。老太爺一高興，搖頭擺尾說：「六十成親，八十做壽——還有二十年好風光。」

杳杳一走，老太太就叫家綱到炕前去。她朝著牆無力地說：「沈家綱，記住一句話：不管天翻地覆，沈家的香火不能斷。青青有喜了，你們逃到南方去吧！」

＊＊＊

春景兒天，一口薄薄的棺材抬出了四合院。我和家綱也沒有披麻戴孝。老太太葬在西直門外黃土坑。

第二天，我和家綱搭火車南下。

北平。天津。靜海。青縣。滄縣。東光。德縣。平原。禹城。濟南。章邱。青州。朱劉店。

車上的人每站下車，受共產黨檢查。同樣的動作。同樣的問題。同樣的回答。一個個人走上前去，向八路幹部交上路條，平舉兩手，向後轉。叫什麼名字？哪兒出生？到哪兒去？

為什麼去？幹什麼的？諸如此類的問題。

我和家綱裝著陌生人。他是山東賣布的。我是徐州賣油條的。我們分坐兩節貨車。（平津鐵路客車已通。津浦鐵路只通貨車。）結婚戒指和半邊玉辟邪全留在北平了。

＊　＊　＊

車又到站了。濰縣是共產黨區最後一站。濰縣過去就是兩不管的真空地帶，火車不能通行。真空地帶過去就是國民黨的青島了。

從天津一路同車的男女十二人，一個個拎著行李走到棧房。棧房土牆上描著很大的黑字：

不參軍就是反動。分得了田要參軍。

十二個陌生人，睡在一張大炕上。我一邊靠牆，一邊靠家綱。十二個人全不講話。我已經六天沒講話了。我非講不可了。我把家綱的手從被子裡拉出來，在他手掌心畫字。我們就在手掌心上談話。

睡不著。

過來搖你睡

不

？
害怕
睡著就不怕了
安全第一
哪兒安全
青島
八路快去了
南京
八路也快去了
回北平
回不去了
只有向前走
走到哪天為止
走到好地方生孩子
台灣
美麗的島

我要個兒子
我要個女兒
兒子叫耀祖
女兒叫桑娃

＊　＊　＊

真空地帶。

太陽落下去了。還有二十幾里才到蔡家莊。一眼望去沒有一點莊稼。在小路上走著的十二個人沒有人說話。我們仍然陌生。我們要趕路。雞公車馱著行李在乾裂的土地上滾著叫。滾起的土隔在人和人之間。人裹在土裡，模模糊糊——一人罩一頂小土帳子。人走得快，手也擺得快，捏著拳頭向土帳子打過去。打破一層。又是一層。人走到哪兒，帳子就兜到那兒。走得多快，走得多遠，全沒有用。

天黑下來了。還有十幾里路。十二個人在小路上走成一條線。我和家綱吊在線尾。

線頭一盞燈籠亮起來了。

啊——我們全叫了一聲。有人咳了一泡痰，呸的一下吐在地上了。有人罵了一聲他媽的——絆在石頭上了。前面燈籠的光舉起來了，照著後面人的路。

「青青，我還是要個兒子。」家綱在我背後湊過來低聲說。

「我還是要個女兒。」

「只准生兒子，不准生女兒。」他在我背上輕輕搥了一下。

我前面的人嘿嘿笑了兩聲。「俺早看出你們是小倆口。」

燈籠熄了。

啊——我們又全叫了一聲。

「勞駕，誰有洋火？」打燈籠的人問。

「這兒有！」家綱回答。

打燈籠的人停住了，讓後面的人走過去。「小心，大爺，有個坑。小心，老鄉，坑。小心，大娘。」他站在黑地裡扶著人走過去。

家綱走到他面前了，把火柴遞給他。

燈籠又點亮了。

「勞駕，老鄉。」他把火柴還給家綱。

「您打燈籠的人留著用吧。」家綱把火柴塞在他手裡。

＊＊＊

蔡家莊的幾棟小土屋全是空的。山坡上有一座廟，招牌破了，廟名的金字也模糊了。

我們十二個人在大殿上歇下來了。千手佛仰臉倒在地上。送子觀音抱的孩子斷了頭。只剩下彌勒佛笑呵呵的。我們點亮佛燈，打開行李捲，坐在地鋪上啃乾糧。大殿上熱鬧起來了。

「好哇！」有人突然大叫一聲。「唱一段打鼓罵曹吧！你雖居相位，不識賢愚，賊的眼濁也。不納忠言，賊的耳濁也。不讀詩書，賊的口濁也。常懷篡逆，賊的心濁也……」

「哩格儂咚，哩格儂咚……」

「山那邊好地方，一天到晚忙又忙，你要吃飯得工作，無人為你做牛羊……」

「……黃忠聞聽勒坐驥，用刀一指喚『關公』！而今明明大漢的國運敗，你看這群雄四起亂縱橫……」

「……有件東西出來了！什麼東西？吃人無饜的老虎！老虎住在哪兒？住在崗南頭沒人到的山凹子裡……」

「……你看我頭上也是龍，身上也是龍，左邊也是龍，右邊也是龍，前面也是龍，後面也是龍。渾身上下是九條龍啊，五爪的金龍……」

「喂，喂，你們這些唱戲的，說書的，唱大鼓的，唱山歌的，全停下來吧！這邊有人講鬼故事啦！」

唱的人全靜下來了。只聽見有人講著：「……于生和綠衣女巫山雲雨之後，于生請綠衣女輕歌一曲。綠衣女笑說不敢。于生又和她溫存一番，堅持她輕歌一曲。綠衣女說不是她吝惜，只為怕人聽見。她放下羅紗帳，靠床輕輕唱起來：漢水竭，雀高飛，飛來飛去何所止，高山不及城郭低。她唱完下床，窗外，屋角，四處察看。于生笑她膽小，要她上床，又和她溫存起來。但綠衣女悶悶不樂，不肯盡歡。于生不斷要求，才又巫山雲雨一番。五更時候，綠衣女披衣下床，走到門口又折回來了，很是害怕。于生送她到房門口，望著她穿過迴廊，突然聽見她叫救命。于生跑過去，沒有看見人，只聽見屋簷發出哎喲的叫聲，細看之下，屋簷有張蛛網。叫聲就從那蛛網發出的。再一細看，一隻大蜘蛛捉住一個東西。于生把蛛網打破了。一隻綠色的大蜜蜂掉在地上了。」

「嘿嘿！俺倒想那麼一隻大蜜蜂！」

「喂，不知道共產黨渡江沒有？」

「呸！在這兒誰談打仗，他娘就該X！全中國就剩下這點屁股簾兒不打仗！多好的月亮！多好的月亮！多好的春風！廟外坡兒上的樹抽出嫩芽兒了。」

「喂，老鄉，勞駕您在路上打燈籠帶路。請問貴姓？」

「別問俺姓甚名誰。也別問俺到哪兒去。俺就在這破廟做一世祖啦！俺就用百家姓的第一姓；趙匡胤的趙！」

「趙大爺，請問，趙大娘呢？」

「這點俺姓趙的還沒想到。俺還是個王老五。」

家綱左右掃了一眼，看看我的腰，笑著說：「我才可以做一世祖，我老婆有喜了！打燈籠的人姓趙！我就姓錢吧！」

「你現在要做一世祖，可要老婆兒子了！在路上，你真會裝蒜！嘿！活像你女人是條蝗蟲，離得遠遠的！我可早就看出來你們是小倆口！」

「那咱們就要百家姓的第三姓吧！」一個大學生模樣的人拉起他身旁坐著的一個女孩子的手。

「你們也是……？這個我倒沒有看出來。」

「我和她剛訂了婚。」

「今兒晚上就結婚吧！」趙大爺從地上跳了起來。「大殿是新房。泥地是新床。在大殿上打滾翻觔斗吧。衝著菩薩撒撒野！天皇，地皇，人皇，全管不著！主婚人，證婚人，介紹人，去他媽的蛋！全不要了！」

「好主意！」

「什麼儀式也沒有！只是上床——不，下地睡覺！」

「那才是最隆重的儀式！」

小倆口互相望著。男的捏女的一把；女的捏男的一把。兩人挨挨蹭蹭的笑。

家綱跑過去把大殿上的鼓敲了三下。婚禮開始。

我們全退到天井裡，大殿上只剩下新郎和新娘。

我們在天井角上一間堆柴的屋子裡找到一個很大的蝴蝶風箏，還有一個小紅燈籠。

小坡上照著半邊月亮。風很平和。我們一堆人把點亮的小紅燈籠繫在風箏的麻繩上。風箏在風裡飄上了天。蝴蝶翅膀展開了。燈籠的光，在半明的天空，越閃越小，也越清亮。風吹麻繩嗡嗡響。我們追著風箏，在山坡上往山頂跑。風箏越飛越高了，螢火蟲似地一閃一閃，閃進黑暗裡去了。一眨眼，風箏成了一個大火球，紅通通的，在天上照著空空的蔡家莊。

我們回到廟裡，在大殿門口看見新郎新娘沉沉睡在泥地上，被子露出一半赤裸的身子。新娘睡在新郎臂彎裡，嘴貼著他的臉，右手摟著他的脖子。

她右邊的乳房貼著他的胸膛，正好照著月光。

家綱帶著我走到廟後堆稻草的小棚子裡。他第一次說我的確有個好身子。

第三部

桃紅給移民局的第三封信

移民局先生：

我和砍樹的人在水塔住下了，就在第蒙以南的田野裡。一大片玉蜀黍之中豎著一個圓形木桶，支在三隻鐵腳上，很像登陸月球的老鷹，遠遠在大路上就可以看到了，要來你就來吧！我一路供給你「情報」，就是要向你證明：我不是桑青。

我在第蒙路旁等過路旅人的車子，看見一個粗壯的男人拉著一根很粗的繩子；繩子繫在一棵粗大的蟲蛀的榆樹上；樹幹上裂著半圈很深的口；一把大鋸子放在地上。天很乾很冷。他的臉上淌著汗。他咬牙拉著繩子，榆樹劈劈拍拍裂著響。口越裂越大了。他突然縱身一跳；一跳到裂口的那一邊，大樹就嘩啦一聲在另一邊倒下了。

我一直站在路旁看著那麼一棵大樹在他手裡倒下去。

他跨上摩托車，正要開動，忽然轉身看我。

「我等著搭車。」

「你到哪兒去？」

「到哪兒去都可以。」

「和我喝一杯酒去吧！」

「也好。」

我爬上摩托車後座，兩手抱住他的腰。摩托車風掣電馳跑走了。在中西部起伏的鄉間小路上陷下去，跑上來，陷下去，又跑上來。太陽裡飄著很細很乾的雪。

摩托車在水塔下面停住了。四周是黑黑結凍的泥土。水塔四周的野草很高；圍著水塔一圈野草被啃過了，凸凹不齊。一把大鐮刀壓在草上。我半個身子埋在野草裡。

「我給你開一條路吧！我就住在這兒。」他拿起鐮刀，一手割草，一手扯草，一刀比一刀重。刷，刷，刷。「你是哪兒人？」

「外國人。」

「我知道。我也是外國人。這是個外國人的世紀。人四面八方的向外流。我是從波蘭來的猶太人。」

「我是從亞洲來的猶太人。」我開玩笑地說。

他彎著腰，拿著鐮刀，刷刷地把野草刷出了一條路，從水塔腳下一直通到路上。

我就從那條剛開出的路爬上水塔。

水塔裡的桌子椅子全是他自己用樹幹做的。我們在水塔裡喝杜松子酒。他說他十三歲就被納粹關進奧斯維奇集中營。他父親、母親、姐姐全在集中營被納粹用來做細菌試驗死了。他從集中營逃出來以後，就一直是個浪子。他為人砍蟲蛀的樹。他剛剛找到這個水塔。他在水塔裡很安全。沒有人來擾他。水塔是印第安人時代供給士兵飲水用的。現在是太空時代了。誰還要這麼一個破木桶呢？水塔附近有許多麋鹿、羚羊、松鼠、兔子，只是沒有人。他小時候就想長大了有個動物園——沒有老虎的動物園。他四歲時候差點給老虎吃了。他爸爸帶他去看馬戲。他們坐在靠近動物出場的門口。老虎要出場玩火球了。他看著老虎搖頭擺尾走出來，興奮得跳了起來。老虎突然轉身一口咬住他的頭。他聽見人的驚叫。他也不害怕。只是脖子有點兒痛。他什麼也看不見——老虎的口是個黑洞。最後玩馬戲的人把老虎的嘴撥開了。虎牙把他的頭和脖子咬了一些洞；虎爪在他肩膀上抓破了皮。他摸了一把頭上淌著的血，對他爸爸說他要快快長大；長得像人猿泰山那樣大；長大了殺老虎。

我喜歡要殺老虎的孩子。我就在水塔住下了。我打算在水塔裡生下我的孩子。那小傢伙在肚子裡動起來了。

寄上桑青在台北閣樓寫的日記一本，手抄唐詩、金剛經各一卷、沈家綱剪報一疊。

桃紅　一九七〇年二月二十二日

桑青日記

台北
一九五七年夏—一九五九年夏

（一）一九五七年夏天

閣樓屋頂的聲音又響起來了。好像腐朽的屋樑折裂了。又像老鼠啃骨頭。從屋角沿著屋簷一點點啃過來。一直啃到我平躺的身子。從腳啃到額頭。又從頭頂啃到腳尖。啃過來又啃過去。最後停在我的胸口。啃著我的乳房。兩排尖銳細細的鼠牙。

我睡在我的榻榻米上。

家綱睡在他的榻榻米上。

桑娃睡在她的榻榻米上。

剩下的一個榻榻米一半堆著衣服。四分之一榻榻米的月光裡有一個鐘。十二點十三分。鼠牙停在我乳房上啃。家綱在我手掌心用食指寫了個字。我們就在掌心談下去。

屋頂有人

鼠
人
什麼人
盯哨的人
怎辦
等
等什麼
等他走
走了又來
我不該逃
不逃就坐牢
逃也苦
他在啃我心
家綱伸過手來摸摸我的心口。又接著在我掌心寫下去。
對不起你
我自願

你非犯人
是
犯何罪
說不清
也許終生關在這兒
也好
為什麼
心淨
人走了
沒有
如何知道
他正啃頭
我的頭？
我的
沒聽見
啃我鼻

沒聽見
啃我肚
仍沒聽見
他要走了
如何知道
沒有啃了
走了嗎
走了
又活了
好好睡一覺

＊＊＊

台灣是一隻綠色的眼睛。孤零零地漂在海上。
東邊是眼瞼。
南邊是眼角。
西邊是眼瞼。

北邊是眼角。

眼瞼和眼角四周是大海。

現在是颱風季節。

閣樓的小窗對著街。我們躲在閣樓窗子左邊可以看見三號房子的屋頂和圍牆。躲在窗子右邊可以看見五號房子的屋頂和圍牆。烏鴉從一個個屋頂飛過去。窗子正面對著火葬場的黑煙囪。我們不敢站在窗口，怕給人看見了。

閣樓和蔡家的房子在一道圍牆內。閣樓下面是蔡家堆破爛的屋子。四個榻榻米大的閣樓。人字屋頂左右兩撇低低罩在頭上。我們不能站起來。只能在榻榻米上爬。八歲的桑娃可以站起來。但她不肯。她要學大人爬。

＊　＊　＊

我坐在我的榻榻米上看過時的報紙。（蔡家老傭人老王把過時的報紙堆在閣樓樓下。我每天下樓去拿報紙。）家綱爬過來和我一起看。他要看國際大事。我要看文藝。但我們同看社會新聞。我們看有沒有通緝犯的消息。我想像那消息這樣寫法：

通緝犯沈家綱在公車處會計股長任內虧空公款新台幣十四萬。攜帶妻女逃亡。通緝在案。

我也看有沒有趙天開的消息。我想像那消息這樣子寫法：

趙天開犯通匪罪。企圖偷渡出境。終於落網。趙匪偷渡前幾度出入北市小月光咖啡室會一神祕婦人。警方正各方調查此一神祕婦人。

我用火柴在榻榻米上擺了三個字。

小月光

家綱也用火柴擺了幾個字。

你去過嗎

二次

為什麼去

口渴

壞地方

只為口渴

小心

也去不成了

我想去自首

不

為什麼
既來之則安之
我若自首你如何
等
多久
等你出牢
好女人
不好
不好的好女人
我抬頭看家綱。他正張著嘴哈氣。他的臉作大笑狀。
他轉身去修理壞了的鐘。
我拿起一把大剪刀。剪刀生了鏽。我拉起我一把長頭髮一綹一綹地剪斷了。

＊＊＊

我們有一大包火柴。那是消磨時間的好工具。我們可以用火柴談話。還可用火柴和孩子遊戲。就和擺積木一樣。桑娃最喜歡擺字的遊戲。我擺出最簡單的字。

天下太平

她用手把字攪亂了。她說簡單的字不好玩。她要擺複雜的字。她照著報紙上的字擺。擺一個拆一個。樂得格格笑。

國 殺 戰 賊 逃 罪 警 網 黑 藏 騙 毒 畸

錢　戀　襲　獄　痛　獸　假　喪　燒　瘋　夢　難　滅　亂　傷　槍

尋飯歡悲機

＊＊＊

屋頂啃嚙的聲音又響起來了。這次是在大白天。仍然是從屋角沿著屋簷啃過來。啃到我的頭頂就停住了。我坐在我的榻榻米上。尖銳的鼠牙從我的頭頂啃下去。

家綱坐在他的榻榻米上修鐘。

鐘上的時間仍然是十二點十三分。

他拿一把小鑽子格吱格吱撥著鐘的齒輪。我用鉛筆在舊報紙邊上寫了幾個字：

請不要修了。

我必須修。

在閣樓時間沒有用。

鐘停世界就停了。

世界不會停。鐘修好了也還是圍著圓圈打轉。停了也罷。

家綱不理會我的話。繼續用小鑽子撥著鐘的齒輪。

屋頂的鼠牙向我身子裡啃下去。啃進我的內臟。啃進我的陰部。

我默誦著心經。

＊　＊　＊

家綱枕頭旁邊有一疊剪報。全是他在閣樓裡從舊報紙上剪下來的。

三峰真傳固精術——此術悉本張三峰祖師真傳祕本。增進閨房幸福。治療陽萎早洩。其效如立竿見影。如有虛偽欺騙。天誅地滅。索閱簡則。附郵八角。寄台北郵局一四八五九信箱。

荒山黃金夢——南投縣信義鄉深山裡有黃金千餘噸。為二次大戰日軍撤退時所埋。高萬良傾家蕩產掘寶已三年。傳說埋藏黃金價值折合新台幣三百億。目前政府新台幣發行額為二十六億。官方已和高萬良訂立契約。寶藏百分之九十將繳納國庫。百分之十作為掘寶人獎金。官商對掘寶充滿希望。

掘寶耶掘墓耶——高萬良率領工人掘寶。深入坑道五十多公尺處發現藏寶時爆炸痕跡。掘寶人至為興奮。全力加速掘寶。以致泥土堆積洞內。坑口僅寬六尺。積土無法運出。掘寶人陷在空氣稀薄坑道內已三日。生死不明。

真耶夢耶——高萬良等掘寶人仍陷坑道中。有關人士認為深山藏寶頗有疑問。從信義鄉到掘寶現場山路崎嶇。汽車上山需時兩小時。日據時代沒有道路。車輛無法通行。使用人工將千餘噸黃金運入深山埋藏似不可能。

家綱另有英國大臣和模特兒之戀剪報一疊。附帶模特兒用浴巾遮體躺在空浴缸照片一幀。

分屍案剪報一疊。附帶身首四肢照片各一。

故都風物剪報一疊。紅白事兒。花市。曉市。夜市。鬼市。戲園子。噹噹車。羊肉床子。大酒缸。剃頭棚兒。拉洋車的。廢邸恭王府。

家綱對這些剪報百看不厭。

＊　＊　＊

我已手抄金剛經兩本。詩詞兩本。我不停地抄著抄著。不知道自己寫出的是什麼。

上陽人，上陽人。紅顏暗老白髮新。綠衣監使守宮門。一閉上陽多少春。玄宗末歲初選入。入時十六今六十。同時采擇百餘人。零落年深殘此身。

憶昔吞悲別親族。扶入車中不教哭。皆云入內便承恩。臉似芙蓉胸似玉。未容君王得見

面。已被楊妃遙側目。妒令潛配上陽宮。一生遂向空房宿。空房宿空房宿空房宿空房。

＊　＊　＊

今晚屋頂沒有聲音。閣樓內外一團黑。只有對門三號房子有一盞燈。

家綱在他的榻榻米上睡著了。枕頭旁邊放著仍在修理的鐘。鐘上的時間在黑暗中看不見了。

桑娃在她的榻榻米上睡著了。

我睜著眼躺在我的榻榻米上。等著屋頂啃嚙的聲音。

突然有人敲大門大叫查戶口。警察有時候假借查戶口的名義進屋逮捕犯人。

我骨碌坐了起來。

大門打開了。有人走進院子。大聲對老王講話。叫他把屋子裡所有的人叫醒。戶口名簿身份證全準備好。

家綱突然翻身坐了起來。接著又躺下了。又突然坐了起來。

來了嗎。來了嗎。他們來了嗎。他不停地說。

我點點頭。搖手叫他別出聲。

我們並肩坐著。各人坐在各人的榻榻米上。背靠著牆。手握著手。

我聽見他們走進蔡家的屋子。
家綱在我手掌心寫了幾個字。
蔡會告訴他們
不會父救他命
老王呢
也不會
我不相信他
他在蔡家二十幾年
蔡是大恩人
是
他們在盤問他
也許
他們出示通緝令
也許
他們要上閣樓了
我準備好了

我去自首
不
為什麼
也許會逃脫
他們會來的
我和你一起去
你應自由
哪兒有自由
他們來了
我聽見了
在院子裡
有人在笑
笑什麼
誰知道
他們會來嗎
誰知道

喂。老王。戶口檢查完了。睡覺吧。他們一面大聲說話一面走出大門。門關上了。巷子裡一陣皮鞋聲。他們敲三號大門。三號房子的燈光一盞盞亮了。

家綱躺下了。我仍然靠牆坐著。他伸手要把我拉到他的榻榻米上去。我的身子動不了。他要睡覺。他要忘掉。天亮就好了。他那麼說著。身子在單子下蠕動。

我揭開單子在他旁邊躺下。我讓他趴在我身上。他身子一抽就像孩子撒尿一樣把我兩腿撒濕了。

他終於睡著了。

屋頂的聲音又響起來了。又從屋角沿著屋簷啃過來了。咔吱咔吱。

我突然想起屋頂有隻啄木鳥。在我們進閣樓以前老王就告訴過我。

（二）一九五八年夏天

閣樓的鐘仍然是十二點十三分。午夜也好。日正當中也好。沒有分別。同樣潮濕的熱。濕到人骨子裡。在骨子裡發霉。

家綱不修鐘了。我們有我們自己的時間了。

桑娃的榻榻米靠近窗子。太陽照在她身上。早上九點。

太陽在她身上舔過去。舔著。舔著。猛一抬頭。太陽不見了。中午十二點。

磨剪劊刀的打著鐵片呱噠呱噠的來了。下午兩點。
遠處的火車叫著過去了。下午三點半。
交通車在巷口停下了。三三兩兩的公務員在巷子裡走過去了。下午五點半。
唱歌仔戲的女人不知在哪個街頭突然為愛情哭起來了。傍晚七點。
吁——吁——吁——盲目的按摩女在黑巷子裡朝天吹起哨子。午夜時分了。
許久以來午夜以後沒人查戶口了。

＊＊＊

家綱坐在他的榻榻米上用撲克牌卜卦。一疊三張。兩手捧著牌。兩個大拇指用力把牌一張張慢慢推下去。眼睛盯在牌上。嘴巴跟著牌閤動，身子跟著牌彎下去。
三張桃花順。
他圈著兩個指頭對自己打個勝利手勢，望著牆角一把小鏡子點頭笑笑。

＊＊＊

我的頭髮又長起來了。我既不剪也不梳。就讓它披在肩上。
我在榻榻米上整天寫著「她的一生」。我不抄金剛經和詩詞了。

她是個虛構的人物。我寫出她一生大大小小的事情。一束零零碎碎的斷片。彼此全沒有關係。她嫁給強姦她的男人。她是個性冷感的女人。

我不寫的時候就看舊報紙。我最先看逃亡的故事。報紙上有各種各類的逃亡。

我看到一則代夫坐監的故事。賴金素珠的丈夫生前經商失敗。利用她的名義開空頭支票。賴金素珠沒錢兌現。她被法院判刑半年。帶著兩歲的兒子在桃園的台北監獄服刑。

我把賴金素珠抱著兒子坐監的照片從報紙上剪下來貼在閣樓牆上。

＊　＊　＊

桑娃坐在她的榻榻米上畫畫。她在舊報紙邊上畫著《小不點兒歷險記》。

我坐在窗口看外面的世界。蒙著灰塵和蛛網的世界。

一條白貓垂著黑尾巴在對面屋頂走過去了。

蔡叔叔和幾個朋友到院子裡來了。他們打著手勢閤動嘴巴。我連忙閃到一邊。桑娃爬到窗口。我叫她不要看。我自己卻又回到窗口了。小小的窗子容不下兩個人。我把她的頭按在窗子下邊。

那些人為什麼可以自由到院子裡去。桑娃問我。她的頭有時會冒到窗口。

我告訴她。他們也不是愛到哪兒就到哪兒。院子四周是圍牆。圍牆那邊是海。海那邊是地球的邊緣。地球是個大閣樓。大閣樓分成千千萬萬小閣樓。就和我們的閣樓一樣。我要桑娃知道世上的人都是和我們一樣生活的。

家綱躺在他的榻榻米上自說自話。他的心要跳出來了。他得了心臟病了。他要死在閣樓裡了。他挪用公款只是為了家累。他若是單身就是個清白人。就是犯了法也可以偷渡出境。他可以跑到美國去。跑到南美去。乾脆做個外國人。他說話的聲音越來越小。最後只是含糊地閤動嘴巴。聲音大小都沒有關係。我和桑娃根本不理他。而且我們也不怕在閣樓發聲了。我們早已不用掌心和火柴談話了。

桑娃在她的榻榻米上細聲細氣唱著孟姜女。

她一面唱一面在舊報紙上畫畫。一整張報紙刊著開國四十七年來的大事。從民國元年一月一日孫中山在南京就職臨時大總統一直到四十七年共產黨炮擊台灣海峽。其中經過軍閥內戰抗日戰爭國共鬥爭。桑娃就在那些大事上用毛筆刷上彎彎曲曲很粗的一道墨。那一道墨下面有一個個空心小圓洞。每個洞裡嵌著兩隻眼睛一個鼻子。她在那道墨上面又點上了一團墨。最後寫上標題：小不點兒遊長城。

她反反覆覆唱著孟姜女。

我叫她不要唱了。孟姜女的歌很老了。

她說那是我教她唱的第一首歌。爸爸可以對自己說話。她就可以對自己唱歌。她繼續唱

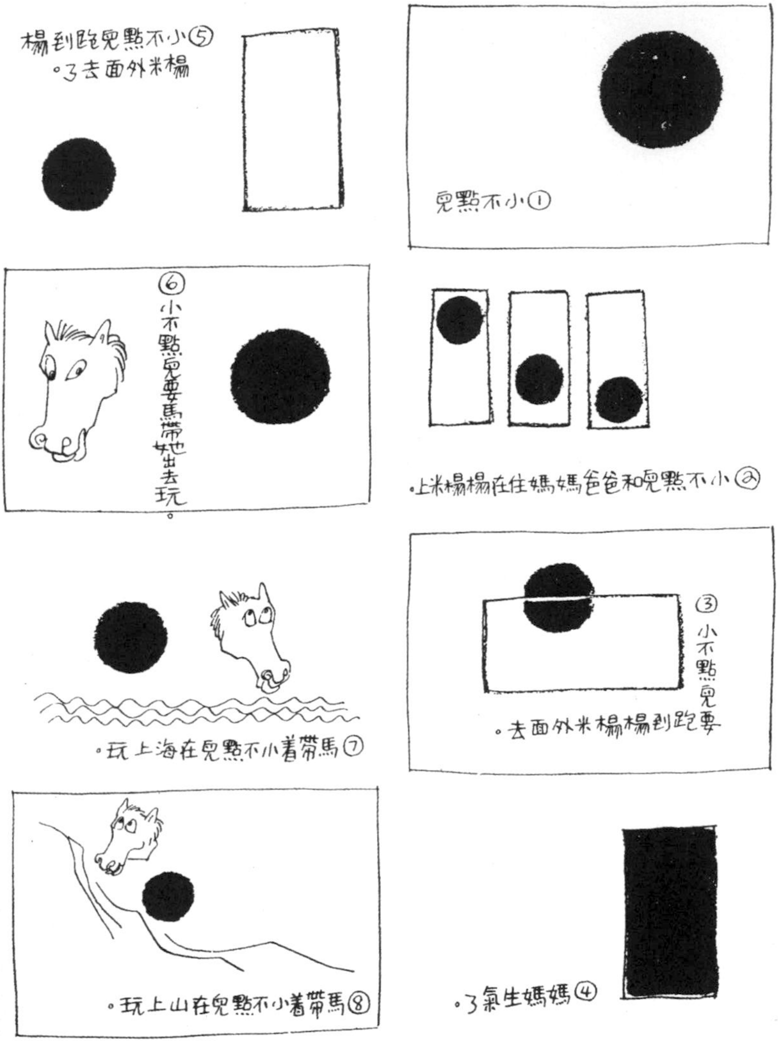
①小不點兒
②小不點兒和爸爸媽媽住在楊楊米上。
③小不點兒要跑到楊楊米外面去。
④媽媽生氣了。
⑤小不點兒跑到楊楊米外面去了。
⑥小不點兒要馬帶她出去玩。
⑦馬帶着小不點兒在海上玩。
⑧馬帶着小不點兒在山上玩。

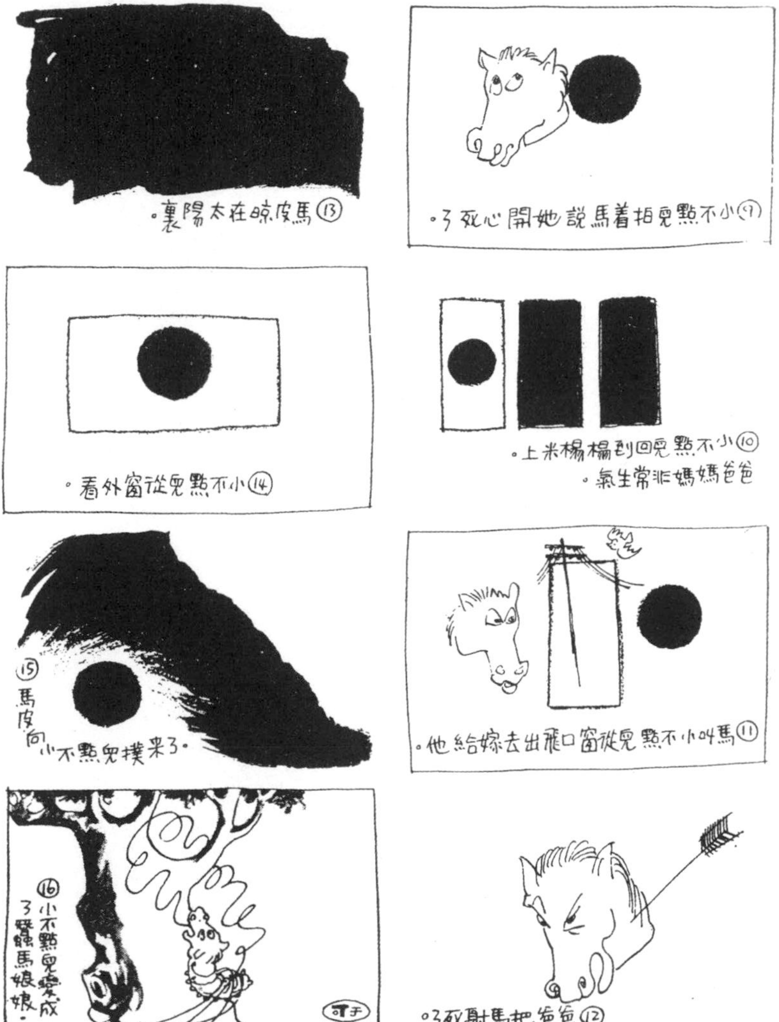

（圖片摘自一九八八年漢藝色研版《桑青與桃紅》內頁）

下去。

正月裡來是新春，
家家戶戶點紅燈，
別家丈夫團圓敘，
奴家丈夫造長城……

她突然不唱了。我的手剛碰著窗子。家綱也突然不說話了。他們同時呼的一下轉過身子。四隻眼睛狠狠盯著我。

我告訴他們我要打開窗子。我並沒有打開。

院子裡的人不見了。草地上留下一把芭蕉扇。

＊　＊　＊

又是黃昏。

落日在閣樓背後。只看得見幾道紅藍相間的光在天頂射過去。霞光射的越遠也就越柔和。最後溶入閣樓對面的天邊。

院子裡有人。

這次我可把窗子打開了。只是打開一條縫。我不但可以看見、也可以聽見外面人的聲音了。

蔡叔叔仰天大笑。好兆頭。一開窗就是笑聲。

他們說著上海話。京片子。南京話。湖南話。不同的人聲。不同的方言。談的是一件事。

殭屍吃人。

＊　＊　＊

台灣南部赤東村的林火土三十歲生日。他請了三個朋友在家喝太白酒。四人喝得大醉。第二天早上抱慈宮的和尚走進院子。看見一個人躺在鳳凰木下。和尚把他揹進廟裡灌了薑水。他醒來自稱是林火土。但不知如何身在抱慈宮。

林火土回家。三個朋友全死在他家裡。屍體四周淌著水。腥臭異常。死者的家屬反對法醫驗屍。卻請來北港的媽祖。跳神的人指出抱慈宮旁邊的一座墓地有邪氣。棺木的位置必須移動。赤東村的人才能免災。

墓地裡埋葬著一個女人潘金嬌。六年前從赤東村到台北。村子裡有人在風化區碰上她賣淫。她面貌姣好。為人伶俐。在風化區頗負艷名。四年前潘金嬌突然自殺。遺書只有兩句話。

我這次的死只是為了好玩。

嘗嘗死是什麼味道。

赤東村的人把潘金嬌的棺木移動了一下。仍然葬在原來的墓穴中。

第三天早上林火土起床。他養了三年的一條狗突然向他撲來。他倒在地上就嚥氣了。村子裡又連續死了三個二三十歲的漢子。

林火土死後村子裡有個傳說。林火土生日那天四個醉漢全倒在椅子上睡著了。林火土矇矓中聽見絲絹沙沙聲。他睜開眼看見一個女人。紅衣紅帽。白臉長髮。一身寒氣透骨。林火土裝睡。紅衣女在另外三個醉漢臉上噓氣。林火土拔腳飛跑。紅衣女在後面追。他看見抱慈宮的燈光。心想廟裡有神保祐。他跑去搥門。沒有回應。紅衣女追來了。林火土手抱廟外柏樹擋身。紅衣女隔樹伸手撲捉。林火土左右閃躲。紅衣女手指如鈎。陷入柏樹，牢不可拔。林火土跳過廟牆。倒在鳳凰木下。不省人事。第二天早上抱慈宮的和尚救活林火土。廟外柏樹有四個指洞入木一尺。一條血印從廟門口一直通到潘金嬌的墓地。

殭屍吃人了。又有一個年輕漢子死了。赤東村的人去找抱慈宮的和尚證明殭屍血印的事。和尚不見了。傳說他不守清規。留良家婦女姦宿。官署要依法懲辦。和尚逃之夭夭。有人在村子後山茅草窩發現一具殘缺不全的屍體。只有頭骨腿骨盆骨手指。卻不見人體中間的脊椎骨。法醫不能確定死亡的原因。只能斷定死者是坐在茅草窩裡斷氣的。坐的方向是靠北朝南。向山下展望赤東村。村民說那就是抱慈宮的和尚。他在茅草窩裡坐禪給殭屍吃了。紅衣女愛吃男人的脊椎骨。

村子裡又丟了兩條人命。全都死得離奇古怪。村民到抱慈宮去請神。跳神的人說潘金嬌的屍體未腐。成魔吃人。先吃男人。後吃女人。兩個月吃光赤東村的人。半年吃光岡山的人。一年吃光全島的人。連海上的漁民也不能倖免。台灣將成為荒島。赤東村的人必須把殭屍燒掉。

第二天跳神的人死了。

第三天廟裡神像不見了。

赤東村的人決定不去招惹殭屍了。

現在殭屍從妓女變成包公了。有人說他頭上還長了一對黑色的角。冤有頭。債有主。恩恩怨怨。包公一一算清。他或是靈魂附體。或是現身說法。

七十二歲的老木匠和老婆為了一個雞蛋爭吵。他突然失去知覺。醒來看見老婆血淋淋躺在地上。他自己手裡拿著一把染血的菜刀。

一個女人夢見頭長兩隻黑角的人要帶她上西方。從此她在大白天也看見長黑角的人。她燒香秉燭求他饒命。長黑角的人不饒她。她上吊死了。

一個女人回娘家。看見弟弟就拉著手大叫觀音菩薩救苦救難。兩人一面叫喊一面往池塘裡跑。家人趕到。一對姐弟已經在池塘裡淹死了。兩人死前沒有一點厭世跡象。姐姐結婚十年已有子女四人。弟弟還是新婚。兩人全是喜樂人。也沒有精神病。

村子裡的人說那些全是有罪的人。包公才和他們算總帳。一個月內村子裡丟了十四條人命。赤東村成了死村。家家戶戶關著大門。抱慈宮成了一座無神的廟。沒人唸經。也沒人請神。殭屍的墓地成了禁地。沒人敢走近一步。外地人打那兒走過。就會聽見遠遠有人破口大罵。聲音越罵越大。彷彿那麼一罵就可以討好殭屍。就可以免死了。沒有人敢提殭屍。他們只說阿公來了。就是殭屍又吃人了。人人恐怖。人人自覺有罪。他們活著只是等待死亡。每逢有人死亡不用奔走相告。他們立刻就聞著死亡的氣味了。家家戶戶立刻燒香唸經。不是敬神。而是祈求阿公饒命。

從台北回赤東村的清仔不信邪。他要救赤東村的人。他主張焚燒殭屍。沒人敢碰殭屍墳上一把土。沒人敢把殭屍扛到火葬場。清仔拿了一把鏟子。打碎墓碑。鏟開墳土。打開棺材。原來是一個活生生的睡美人。粉紅灑金衣服。黑黑的長髮。圓滾的胳臂。眼睛瞪著天。清仔在屍首和棺材四周澆上汽油。一把火從清早燒到半夜。傍晚時候清仔用木棍挑起屍體的腸子。腸子滴著血。血滴在墳草上。一股薰煙夾著血腥和青草香。一股輕微得察覺不到的風帶著那股氣味吹遍了赤東村。

村子裡人說殭屍吃人的時候他們聞到的就是那股氣味。

殭屍焚化後的第四天。清仔也突然死了。

＊＊＊

又是黃昏。我又打開窗子。院子裡沒有人。一陣驟雨夾著低氣壓的熱氣打進窗來。廣播車在巷子裡警告強烈颱風已在台灣東北登陸了。民眾必須檢查屋頂門窗以防倒塌。準備風燈電筒蠟燭火柴以防停電。存儲清水以防斷水。注意爐火以防火災。

我對家綱談離開閣樓的事。我們逃亡時他臨時又帶走的公款一萬元已用去一大半。我們總不能靠蔡家的殘菜剩飯過一輩子。他應該去自首。他還可以減刑。他還可以重見天日。他突然翻身坐起。他說在閣樓是坐牢。出去也是坐牢。他乾脆不逃了。我是不是打算一個人逃走。他可要知道。

我說就是滾刀山我也和他一起。桑娃可是個無辜受罪的孩子。對不起。那孩子生錯了時代。家綱說那話的時候還對桑娃挫挫牙。

我在過去一年中不知不覺收集了許多逃亡的故事。一大疊剪報就在我的榻榻米上。

作惡難遁形。偷渡亦枉然。鷂遠線長。鴟梟末路。大流氓俯首成俘。

大毒梟越獄五十天。全省刑警布下天羅地網。黑道上大名鼎鼎。刑警手中不過爾爾。

諸如此類的故事。

家綱說那些逃犯全是神通廣大的人物。但沒有一個例外。全給抓回去關進牢裡。逃又有什麼用呢。他用一根手指頭挑起那一疊剪報掂了一下。

＊　＊　＊

夜很深了。颱風在綠色的眼睛上刮著。綠色的眼睛仍然是睜著的。

樓下有撬門的聲音。

這次他們可真來了。

門呀的一下開了。閣樓在風雨中打顫。

一點聲音也沒有了。我看得見家綱的眼睛瞪著低低的屋頂。

我坐在榻榻米上。他躺在榻榻米上。樓下的他們隨時會上來。

我們就那麼等了一夜。

早上風停了。老王在樓下取煤球時咳嗽了一聲。我打開梯口的門。他說颱風夜巷口人家進了小偷。主人回家碰上了。小偷用熨斗將他打死後跑了。老王發現院子牆腳到閣樓屋子門口有一條腳印子。準是小偷的腳印子。

小偷逃走沒有。小偷逃走沒有。我和家綱同時急急地問。我們倆都趴在閣樓梯口。

＊＊＊

我們一家三口從閣樓逃出去了。

我們爬上海拔一千公尺的山峰。桑娃一口氣走到山頂。她原來是個會走路的孩子。

我們不能停下來。停下來就得報戶口。報戶口就得出示身份證。身份證就會暴露我們是逃犯。我們只有晚間露宿洞穴。白天爬山越嶺。偷吃山間的甘薯水菓。在池塘裡掏水喝。

桑娃看見池塘裡的人影，她說池塘裡有個水樓。水樓裡有三個水人。他們一臉污泥瞪著眼很害怕的樣子。水人在風中變成各種形狀。還閃著一身鱗光。她扔了一塊小石子。三個水人破了。破片盪了幾下又變成人。

人。桑娃指著山腰叫。山腰小路上有兩個人往山上爬。他們抬頭看見我們了。

從此我們在山上逃竄。我們在山路上拾到一張字條。警察局通知山區人家謹防逃犯。我們在一天之中看見五次人。兩次是過路的老百姓。三次是搜捕的警察。我們全逃脫了。

最後我們逃進原始森林。紅檜。鐵杉、扁柏。全是千年大樹。林子幽深黑暗。沒有人的腳跡。我們爬上樹頂掩藏在樹葉裡。他們不但看不見我們。就是槍彈也打不著我們。

追捕的人多起來了。一層又一層的人。包圍了整個山林。

擴音器在山間大叫。

逃犯沈家綱桑青注意。你們不可執迷不悟。我們全知道你們躲在森林裡。你們躲藏的地方是在袋形的山區。幾百個警察就包圍在袋子外面。袋口也封住了。你們逃不了了。你們在森林裡不能活下去。森林裡沒有食物。你們就會餓死。冬天到了你們就會凍死。你們不是殺人犯。你們只不過是普通逃犯。你們的罪有許多人犯過。你們自首還可以減刑。你們逃亡威脅山地居民的安全。你們若再逃亡警方決定開槍。還要出動警犬在森林裡搜索。逃亡是愚蠢的。沈家綱桑青。趕快出來投案吧。

＊　＊　＊

沙灘上沒有人。海上沒有船。沙灘背後是接連不斷的防風林。沙灘的舌頭伸到海。靠近海邊有兩棵大樹。大樹之間有一間茅草屋。

我們三個人躲在茅草屋裡。還有阿不拉。他是安排我們偷渡的人。我們全望著海。天邊有個小灰點。越變越大。變成一條漁船。船上打出了白色的信號彈。阿不拉把竹筏從草屋前面的沙灘拖到海邊。我們三人從草屋走出來。四個人在沙洲冰淺的地方上了木筏。木筏向漁船划去。漁船停下了。木筏靠上去。我們爬到船上。

阿不拉也上了船。

船長對兩個船員說要送我們到香港去走私。船到香港後每個人可以得到五千台幣酬勞。

現在我們裝著出海打漁。

船長把國旗升起來了。

國旗升到旗桿頂上。一個船員遞給阿不拉一張字條。請他帶回去給他妻子。他決定不回去了。請她好好照顧四個孩子。還有殘廢的老母和守寡的嫂嫂。他要阿不拉告訴她。他不回去是萬不得已的事情。

另一個船員在字條背後也附上了幾句話。他請阿不拉告訴他的妻子。他也不回去了。請她照顧五個孩子和盲目的哥哥。他對不起她。但他非走不可。

阿不拉說他家庭負擔很重。妻子死了，有三個孩子。還有一個七十歲的父親。一家五口全靠他打漁維持。他也要到別的地方去。他也不回去了。

船長命令船員以全速開船。那條船叫天字第一號。是一條十多噸的舊漁船。兩丈多長。五尺多寬。駕駛台在船中間。台後有一個小艙房。

我們整天躲在艙房裡。恐怕碰上巡邏艇查問我們的底細。我們在兩個榻榻米大的低低艙房裡仍然不能站起來。

但是艙裡有鹹鹹的太陽。我們躺在太陽裡兩天了。還有三天就到香港了。到了香港就自由了。

船長在船頭說海上的風向不定。天邊出現了魚尾狀的高雲。颱風快要來了。他打開收音機收聽天氣預測的報告。

海浪大起來了。收音機裡歌仔戲女人哭起來了。

女人哭完了。廣播員報告：

天字第一號漁船載有沈家綱走私犯六人偷渡出境。我方已電國際刑警組織查緝沈犯等。沈犯等必將就擒遣返我國接受法律制裁。沈犯另挪用公款通緝在案。沈家綱等犯人注意收聽。你們逃到哪兒也沒有用。海上巡邏艇已全部出動追緝。海上各國港口已嚴加戒備。希望你們趕快回航歸案。

＊＊＊

吁——吁——吁——盲目的按摩女又在閣樓外面朝天吹著哨子走過去了。

我在閣樓裡寫一則一則逃亡的故事：逃亡山上，逃亡海上……再如何逃法呢？

（三）一九五九年夏天

蔡嬸嬸病了。蔡家是我們的救命恩人。我必須出閣樓去看看她。

家綱說他的安全第一。現在不是報恩的時候。那個姓蔡的是有名的老色狼。我一出閣樓必定上鈎。他老色狼讓我們躲在閣樓裡就是對我這個女人存心不良。他若是抓進牢裡我母女倆如何活下去。他躺在他的榻榻米上。不住地說下去。枕頭旁邊放著一個痰盂！痰盂裡是他自己的小便。

天已經黑了。我要把痰盂拿到樓下去。

他一把拉住我的頭髮。頭髮長到腰間了。他叫我不要找理由到外面去。他就喜歡那股子騷味。騷味叫他想到床。

＊　＊　＊

我走到小屋門口。院子裡很黑。一隻白身子黑尾巴的貓蹲在牆角。

我回到閣樓。

＊　＊　＊

我走到小屋門外。有人敲大門。

我又回到閣樓了。

＊　＊　＊

我走到院子裡。一個警察騎著自行車在巷子裡跑過去了。

我又回到閣樓了。

＊　＊　＊

我走到蔡家屋子窗外。窗裡有燈光。蔡叔叔坐在他妻子床邊。她靠在床上。他們在談話。

他說他走不了了。當年共產黨在渡江以前提出和談條件。他發表主戰的文章。共產黨把他列為戰犯。現在他在台灣提倡自由選舉。國民黨認為他思想有問題。巷口永遠停著一輛三輪車。車上永遠有一個車伕打盹。那個車伕必定是監視他的人。

蔡嬸嬸說他監視的是躲在閣樓裡的人。她不懂他為什麼冒險藏匿一家犯人。他應該勸我們去警察局自首。他應該叫我們離開閣樓。他應該保持沉默。他應該和外界隔絕。他應該。他應該。許多個應該。

我只好又回到閣樓。

＊　＊　＊

蔡嬸嬸得了肝癌。我必須冒一切危險去看她。

晚上。家綱和桑娃睡了。我竟走出閣樓了。

蔡叔叔一個人在書房裡。我在書房門口看見牆上的鏡子就站住了。是那種使五官歪曲的廉價鏡子。人站得越遠五官也就越歪曲。他也看見了鏡子裡歪曲的女人臉。轉身怔怔地望著我。他叫我進房去。我不知如何走法。手。腳。身子。全脫了節。他叫我坐下。我的嘴巴闔動了幾下。卻吐不出聲音。我坐在沙發上。就像閣樓外面的人那樣子坐法。三段彎曲式。上身靠著椅背。臀部坐在椅墊上。腳掌放在地板上。各有各的部位。該彎的彎。該直的直。

他說很高興我從閣樓出來了。他早想勸我離開閣樓。但那不是別人可以強迫的事。必須由當事人自己悟過來。家綱應該去警察局自首。就是坐牢也是有期徒刑。閣樓的生活卻是無期徒刑。毫無意義。

我告訴他。我過慣了閣樓生活。在閣樓裡一切貪瞋渴愛都沒有了。改變生活是要命的事。我很害怕改變。我出來只是為了報答他的救命之恩。在患難的時候為他們盡點力量。我甚至可以冒險天天出來為他們照料事情。我說得非常慢非常低。有時候我必須停一陣子才能接著說下去。我一說完就站了起來。

他要我再坐一下。他剛把蔡嬸嬸送到醫院。他想和人談談話。

吁——吁——吁——吁——盲目按摩女的哨子又朝天吹起來了。

我在午夜以前回到閣樓。還是在閣樓裡安穩一些。

＊＊＊

天黑了。

我在路上走著。一二。一二。一二。我的腳一步一步踩在地上。我捏著一塊小石子。石子擦著手掌心。我就那麼走。走。走。走。

走過巷口的三輪車。警察局。殯儀館。

走過私人婦產科醫院。門口掛著白底黑字招牌。注射避孕。科學避孕。免費指導避孕。流產治療。產道整形。

走過藥房。窗子裡廣告上兩個洋人打電話。黑髮洋人歪著嘴叫老張。哈哈。雄—10這玩意兒含有男性專用睪丸素。白髮洋人瞪著眼說真的嗎。他也去買一瓶來補一下。

走過報攤，頭號標題是反共復國戰爭更加接近勝利。

走過補習學校。招牌上寫著升大學。升高中。文理醫農。實驗班。精修班。專修班。選修班。出國必修托福班。

走過航空公司。玻璃窗裡吊著一架飛機。機頭斜斜飛向上方窗角。機身描著黑字。本公司客機到世界各大都市。迅速安全。服務周到。

走過一個巷口。「聖靈重建」四個大黑字在白色衣服上煞了出來。白色衣領露出一個女人頭。布道的女人。她笑著遞給我一張單子。罪與贖。請聽聖音。請信上帝。

一隻手一把抓住我的胳臂。手腕上一隻大大的圓形夜光錶。錶上的時間是八點二十。抓著我的是警察。火車轟的一下過去了。車上描著的「防諜保密」也轟的一下過去了。柵欄橫在我面前。我彎著身子要從柵欄底下鑽過去。警察說柵欄放下就是警告火車來了。下次千萬記住。不可拿性命當兒戲。

陌生的世界。

＊　＊　＊

我走進醫院長長的甬道。甬道的燈光通亮。甬道盡頭是太平間。我走到甬道一半的地方向右轉。

我走過一排病房。對面樓上窗子裡有女人哭起來了。

我站在四號病房門口。蔡嬸嬸靠在床上。我叫她。她沒有答應。楞楞望著我。好像見了鬼一樣。

我在床邊桌上拿起梳子為她梳著頭髮。我一面用手在頭髮上摸下去。我把她幾根稀稀的頭髮紮了一根小辮子。

她用手摸我的臉。胳臂。手。

她說她可以摸著我。那必定是真的。她一面說一面使勁捏我指頭。

我說好痛。

＊＊＊

我的生活分成兩半。白天在閣樓。夜晚在醫院。

＊＊＊

家綱躺在他的榻榻米上。心跳。頭痛。腰痠。背痛。筋骨痛。便祕。他說他不行了。

他要我把灌腸的膠囊塞進他肛門。他叉開兩腿蹲在痰盂上。要我在他兩腿之間看著他下體。出來沒有。出來沒有。他不斷地問。我要轉過頭去嘔吐。他要我再拿來一個膠囊。插進去。插進去。他指著我手裡膠囊大叫。

他抱怨他的一生毀在我手裡。他娶了一個破罐子。他對我幻滅。對一世界的人幻滅。姓蔡的那個大渾蛋把我們藏在閣樓裡。只為要相信他自己是上帝。最後家綱提到瞿塘峽的流亡學生。

桑娃問他談的是誰。

就是糟蹋媽媽的那個王八蛋。家綱說。

＊　＊　＊

桑娃的日記

爸爸媽媽都有身份正，媽媽說身份正就是正明你是合法的人，我十歲了還沒有身份正，媽媽說各樓的人是沒有身份正的人，外面的人才要身份正，他們沒有身份正就要坐牢，我恨死媽媽天天晚上到外面去，爸爸說她出去找男人，她要丟我們了，我要把她的身份正撕掉，

我恨我的後母，她買新衣服她女兒穿，我穿灰面口袋改的衣服，我跑了，爸爸會打死她，爸爸是又醜又老的病人，他躺在榻榻米上總是要打人，我也很恨他，外面的人胸前掛著身份正，摔呀摔的很好玩，身份正的項鍊每人一個，小貓小狗也掛身份正項鍊，我沒有就很害怕，我不要去坐牢，我又跑回來了，爸爸後母都死了，我是個孤兒了，我很懺悔不該跑出去，

小不點是有身份正的人，她是合法的人可以到外面去，她回來告訴我好多好玩的事情，外面的人掛身份正還可以吃人，抓住漂亮女孩子用塞子塞她屁股用水管子把水灌到她嘴裡去，她肚子暴開了像西瓜，他們就把她吃了，自己暴開的西瓜比刀子切開好吃，我舔舔嘴說好甜，

媽媽天天晚上出去，爸爸說她呀她出去吃男人，我問他是不是吃一個男人就收一個身份正項鍊，爸爸不懂我的話，媽媽真的帶回來一大箱身份正項鍊，我用灰面口袋做了許多洋囡囡，每個洋囡囡掛一個身份正項鍊，媽媽吃完了外面的人就要吃爸爸和我，我不是男人她大概不會吃，我要跑走和人私奔，我是不吃人的，小不點兒說人肉像西瓜又紅又甜，我想人肉不好吃，我肯肯自己的指頭只有一點咸味道，

媽媽說蔡婆婆要死了，我不知道人死了到那兒去，她說人死了到極樂世界去，那兒的人都很快活，他們不害怕，要什麼有什麼，紙做的金童玉女金銀財寶燒到極樂世界馬上就變成真的，我問極樂世界有沒有各樓，她說沒有，我問極樂世界有沒有人掛身份正，她說沒有，我問極樂世界的人吃不吃人，她說不吃，我不相信她的話，爸爸說媽媽是酒荒的人，

＊＊＊

蔡嬸嬸死了。天黑時候我和蔡叔叔送壽衣到極樂殯儀館。

停屍間掛著白布簾子。簾外供桌上燃著一對白燭。一股強烈的消毒藥水味。

他掀開簾子。他的妻子躺在石床上。石床的紗罩掛在牆上。我們分別站在石床兩旁。

她的眼睛是睜著的。他用手把眼瞼往下摸。眼睛仍然是睜著的。

他突然嘿嘿笑了兩聲。他說同床共枕三十年了。現在才發現她是個沒有眉毛的女人。生前的眉毛完全是用眉筆畫上去的。

化妝師走進停屍間。他把一包壽衣扔在屍體腿上。然後拾起一件件壽衣套在一起。紅。黃。綠。藍。紫。他掀開蓋著屍體的白單子。人造絲在赤裸的身子上擦著沙沙響。頭髮落光了。兩腿之間還有一小撮灰色陰毛。我望著蔡叔叔。他望著牆上的紗罩子。化妝師用大毛巾擦著屍體。兩個乳房抖了幾下。

蔡叔叔走出停屍間。在院子裡和殯儀館的人說話。

化妝師把毛巾扔在牆角。牆角有一堆鑲黑花邊的檸檬黃女人睡衣。一隻蜻蜓飛過去停在上面。化妝師抬起屍體上半身把壽衣穿上去。身子太硬。壽衣扯得響。壽衣袖子的縫線也扯斷了。

蔡叔叔進來說壽帽上應該綴幾顆珍珠。他得回家去取。請化妝師等一下。

化妝師放開兩手。屍體彭的一下打在石床上。

算了吧。他說。反正屍體就要抬進火爐燒了。

不。不。不。蔡叔叔說。不是火葬。是土葬。棺木將來還要運回大陸老家。

好吧。化妝師扯著嘴角笑了一下。那就等吧。

一個人掀開簾子。問屍體什麼時候抬出去。有個孩子死了。殯儀館沒有空床。孩子等著抬進來。

化妝師望著蔡叔叔。他打了個手勢叫他繼續下去。珍珠也不要了。

化妝師在屍體臉上有一搭沒一搭的擦著面油。然後撲上脂粉。然後描上兩道細細的眉毛。然後戴上沒有珍珠的帽子。

好。完了。那一堆衣服要不要。他指著牆角鑲黑花邊的檸檬黃睡衣。

不要了。蔡叔叔告訴他。

化妝師捧著睡衣走出停屍間。

我們從殯儀館走出來。一路沒有說話。我們一直走進蔡叔叔的臥房。

＊＊＊

我告訴蔡叔叔我要過正常的生活。白天出去。晚上回家。當然還是回到閣樓。他認為那樣不妥。我在白天露面對人就是個威脅。因為我是逃犯的妻子。那才公平。我告訴他。我一直在威脅中過日子。他們也該受點威脅。

他問我到底是什麼人。清白人還是犯人。

我說全是。也全不是。我也許可叫做清白的犯人。

他說那就難辦了。清白人就應該完完全全在閣樓外面生活。犯人就只好晝伏夜出。他還講了一個犯人的故事。

殺人犯朱某從龜山監獄逃出。他白天躲在公墓裡。晚上出去討乞。沒有人注意他。他在公墓躲了二十天。實在躲不下去了。他晚上去賭場。手到錢來。贏了一筆錢。他就在台北租了一間屋子住下。

他化身各種各色的人。警察。學者。經理。記者。飛將軍。大學教授。留美博士。大搖大擺出入舞廳酒家。最後以作家身份和一個酒女同居。他禁止她去酒家。她要和他結婚。他不肯。她懷了孕。他要打胎。她不肯。他們爭吵。他要和她上床。她又不肯。他揍了她一頓去賭場。她吞安眠藥自殺。警察在她房裡找到一張戴博士帽的男人照片。正是通緝犯朱某。

朱某在賭場又贏了一筆錢。他認為別人騙賭。掏出手槍。沒人害怕。他非常憤怒。向天開槍。仍然沒人害怕。他又向窗口開槍。一個賭客從窗外走過。槍彈打在他胸口。警察趕到。朱某已經逃走。

兩案併發。又加前案。刑警大批出動偵察。

朱某逃到太平山。在山裡躲了兩個星期。他看見直上雲霄的沖天炮。他也要過年。他也要玩幾把牌。他又回到台北。春節時候家家戶戶都有一兩場牌局。他假裝走錯人家拜年。混進南昌街一家人家。他變成歸國僑領和一群太太推牌九。他一連去了三天。引起埋伏的刑警人員的懷疑。第四天刑警人員在牌桌上掏出朱某的通緝照片。他們在他身上搜出一把銳利的扁鑽。

蔡叔叔說那個人的毛病是越獄以後就忘記了自己是逃犯。居然也過起清白人的日子。但他一方面卻又陷罪更深自築羅網。

我說我的情況可不同。第一我沒有犯法。第二我沒有殺人的武器。我沒有說下去。我只要用事實來證明我可以在閣樓外面過正常生活。只是晚上在閣樓逃避戶口檢查。

* * *

蔡家請客，我裝做老媽子。就是那種自認薄命卻又傲氣十足的老媽子。乾淨俐落帶點油氣。我編了一套說詞。我丈夫本也是政府官員。我帶著四個兒女從大陸逃到台灣。他陷在大陸。我就為人幫傭撫育四個兒女。

我在廚房猶豫如何走進客廳。他們正在客廳談著一件匪諜案。

三年前一架民航機在台北飛高雄途中失事。乘客三十四人全部罹難。其中一位海外僑領。他到台灣和國民政府談判捐獻巨款做軍費反攻大陸。

一個星期前歌女鶯鶯在中央飯店唱完最後一首歌就失蹤了。傳說她給治安機關抓去槍斃了。她是潛伏在台灣一個匪諜集團的頭子。民航機失事就是她的陰謀。她在機場送行時把定時炸彈放在僑領旅行包裡。向治安機關告發的是和她同居三年的殷某。鶯鶯槍斃後他也死於車禍。

客人們談著各種傳說。鶯鶯到底是什麼人。沒有人能肯定。假定她是共產黨。那麼殷某又是什麼人。關於殷某就有許多不同的傳說。

傳說一。殷某是國民黨特務。治安機關派他去和鶯鶯同居。他告發鶯鶯的匪諜工作後治安機關用車把他撞死滅口。

傳說二。殷某是共產黨特務。鶯鶯愛上一個國民黨。殷某向治安機關告發鶯鶯是匪諜。事後害怕鶯鶯揭露他的身份。撞車自殺。

傳說三。殷某既不是國民黨也不是共產黨。他只是一個嫉妒的愛人。由於嫉妒鶯鶯另有別戀才向治安機關告發鶯鶯是匪諜。良心不安。神智昏亂。死於車禍。

還有許許多多可能性。殷某到底是什麼人。誰也不知道。

我就在那當口走進客廳。蔡叔叔一怔。我第一次在那麼多人面前露面。我叫了一聲先生。問他什麼時候開飯。他馬上對客人說我是新來的江媽。有個客人問我是哪兒人。我說四川。我們就那樣子談了起來。

我說丈夫生前欠了債。我帶著女兒代他坐牢。女兒可憐死在牢裡。我服刑期滿就來蔡家幫忙。我那麼信口說來。和原來編好的一套說詞完全不同。

他姓姜。姜子牙的姜。他自我介紹。江姜是一家。他真的好像在哪兒見過我。我眉眼之間像他爸爸的姨太太。他爸爸打仗死了。姨太太出家當了尼姑。

我笑了一聲。姜先生可把我攪糊塗了。他指的究竟是哪一次仗呀！軍閥的仗呢。抗日的仗呢。還是國民黨共產黨的仗。

他沒有回答我的話。楞楞地望著我。

姜子牙呀。我用手向他招了一下。別盯著我。姜子牙再那麼盯下去我就變成尼姑了。再盯下去我就變成姨太太了。孫悟空十八變。我真相信就有那麼神。

在座的人大笑。

姜子牙問我哪一年離開大陸。

民國三十八年四月。

在大陸什麼地方。

北平。

姜子牙拍了個巴掌。他也是三十八年四月從北平跑出來的。說不定我們就在那兒路上碰見過。

我嘿了一聲。哪有那樣巧的事。逃的人可多啦。熱鍋上的螞蟻。亂逃一氣。逃來逃去也不知逃的是什麼。我是從北平天津濟南濰縣經過真空地帶跑出來的。

姜子牙又拍了個巴掌。對。對。他就是從北平天津濟南濰縣經過真空地帶跑出來的。老鄉。抽個菸吧。我那麼說著遞了一根長壽菸給他。把他的話打斷了。

我為他擦亮了一根火柴。

* * *

蔡叔叔說我應該得最佳演技金馬獎。劇名是《閣樓裡的女人》。扮演的角色是江媽。

我開始過新的生活。白天出閣樓。晚上回閣樓。蔡叔叔也習以為常了。

我成了蔡叔叔的傭人。管家。女人。

＊　＊　＊

家綱每天睡覺二十小時。

嘮叨四小時。

不嘮叨的時候就蒙著被子手淫。

＊　＊　＊

桑娃的日記

媽媽天天出去吃人，他們捉住一個人，先用香草薰，把豬血抹在他身上用火考著吃，好燙好燙的火，我們的各樓四周好大的火，他們也要把我考熟了吧，我有逃的辦法，我在灰面口袋上畫了許多鳥的羽毛，我穿著鳥衣很好看，他們在各樓下面看到火大笑叫我逃不了，各樓燒起來了，好大的火，我看著身上的鳥衣在窗口向天張開手，我就變成一支鳥，我從窗口支的飛出去了，好大好燙的太煬，他們要用太煬把我考熟了吃，我變成許多許多小飛蟲在天上飛，天上的小金林都來幫助我，大家都變成小飛蟲滿天飛，把一個大太煬都蒙住了，天都變黑了，太煬的火也悶息了，也不能考各樓了，

台風來了，好大的雨，他們要用大風大雨把各樓打夸，我就成了落湯雞，他們要喝人肉湯，我在灰面口袋上畫了一條龍，我穿著龍衣就成了龍女，乒乒乓乓大風把各樓的窗子吹夸了，大雨打進來，我一碰著雨就成了一條龍從窗口遊出去了，雨越大我越快活，我在天上放銀光遊來遊去，他們又失敗了，

太煬天天考我們的各樓，真不講道里，一定是吃人的人做的事，他們把太煬系在天頂，太煬就動不了了，小金林邦助我，他們從天上放下一根支條，在窗口漂呀漂的像一條犯，我拉著支條一登就到了天上，我把系太煬的繩子從天頂扯斷了，太煬轟轟掉下去了，變成一大團火，地球全燒焦了，吃人的也全燒死了，哈哈哈，我在天上大笑，我用繩子系著太煬放在海裡泡息了，我踢太煬當皮球玩，

吃人的人全死了，爸爸媽媽也死了，只有我一個人，我哭著走到海邊，沙灘上有一個很大很大很大的腳印子，不知道是什麼人的腳印子，我的腳采上去比一比，腳印子比我的腳大，我立刻昏倒了，醒來變成了個大肚子，我好害怕大哭起來，我不要生小孩，我生了一個大圓肉球，我把肉球切成很小的肉塊用一張紙包起來了，一陣大風把紙吹破了，小肉塊滿天飛，落到地上變成了石頭，再一看石頭就動起來了，漂起來了，變成了一朵朵的云，云漂呀漂的變成了一支支白鳥，白鳥天上轉圈子變成了人頭犳，人頭犳在天上遊的好開心，烏云把人頭犳吸進去了變成了雨，各樓外面天雨了，

＊＊＊

晚上我應該回閣樓了。我不想回去。我要蔡叔叔帶我出去「瘋」一下。

我們去看馬戲。一場空中飛人剛剛表演完畢。馬戲團主在台上報告下一個節目。

狗熊與玉女。

狗熊的名字叫阿哥。祖籍南非。高四尺。全身黑毛長二寸。體重二百二十磅。為世界稀有的動物。牠會滾繡球。鑽火圈。走圓桶。吹口琴。倒身走。跳曼波。

阿哥在籠子裡準備出場了。

噹的一聲鑼響。

叭。叭。叭。團主揮起皮鞭抽了三下。接著一聲吆喝。

嗨。阿哥出場啦。

一陣靜。

叭。叭。叭。鞭子又抽了三下。團主向觀眾打了個手勢。

嘩啦一陣掌聲。

一陣靜。

阿哥性情古怪。在新加坡曼谷馬尼拉不肯出場。在西貢只肯出場一次。在加爾各答出場兩次。阿哥在自由中國狀至愉快。一定會出場。而且每場出場。請觀眾等一下。團主在台上一面說一面來回走著。他身穿馴獸花衫手拿皮鞭。

叭。叭。叭。嗨。阿哥。

又是嘩啦一陣掌聲。

狗熊絕不會出場。我低聲告訴蔡叔叔。他問為什麼。我說因為狗熊看見現場有鬼。蔡叔叔笑了。那是馬戲團的迷信。我們不可相信。

叭。叭。叭。

又是嘩啦一陣掌聲。

又是一陣靜。

觀眾向台上吹口哨。

別急。我低聲告訴蔡叔叔。等狗熊忘記了現場有鬼就會搖頭擺尾跑出來了。蔡叔叔說他是不信鬼的人。我說人世的確有鬼。譬如殭屍吃人。

觀眾嚷著退票。有的人已經站了起來。

叭。叭。叭。叭。叭。叭。嗨。阿哥出場呀。團主抽著鞭子在台上大叫。

玩馬戲的人應該放下鞭子，我又告訴蔡叔叔。狗熊終究會自己跑出來。哪有野獸喜歡籠子的道理。蔡叔叔又笑了。他說我竟成了個馴獸專家。玩馬戲的人的鞭子不僅僅是為了馴獸。也是為他自己壯膽。

玩馬戲的人在台上走來走去。鞭子在他手裡呼呼轉越轉越急。觀眾大叫退票。有的已經離開座位了。

叭。

嗨。阿哥出來啦。玩馬戲的人突然在台上跳起來大叫。

狗熊搖搖擺擺從後台跑出來了。

一陣掌聲。

一個大圓桶跟著滾出來了。

玩馬戲的人把圓桶攔住。狗熊站在桶上。玩馬戲的人放開兩手。圓桶滾開了。

熊推著桶。桶推著熊。推著滾著。滾著推著。越滾越快。好像是熊追桶。又像是桶追熊。熊和桶著了魔。一邊追一邊滾。滾得快。追得也快。追得快。滾得也快。

觀眾鼓掌。鎂光燈閃亮。新聞記者拍照。

一個細腰身女人出台了。一身緊身肉包衣服。那就是玉女。狗熊從圓桶跳下。玉女摸著狗熊身子。狗熊用臉擦著她的身子。玉女叫阿哥吻她臉。狗熊用後腿站直了。前腿摟著她脖子。嘴在她臉上舔了一下。她叫狗熊吻她脖子。狗熊又在她脖子上舔了一下。玉女轉過身。側面對著台下。她把臉向狗熊湊過去，狗熊摟著她在嘴上舔著舔著。玉女嗯——嗯——地哼著。

觀眾鼓掌。鎂光燈閃亮，新聞記者拍照。

玉女微笑。狗熊站在一邊。她要請一位觀眾和阿哥見見面。

一陣靜。

兩三隻手蠢蠢欲動。

蔡叔叔突然站起來了。他走上台。玉女牽著狗熊迎著他走去。他退了幾步。台下一陣笑聲。玉女叫他過去和阿哥握握手。他站在那兒不動。玉女笑著叫他懦夫。她向狗熊打了個手勢。狗熊站直身子向蔡叔叔走去。他弓著身子向後退。台下的人大叫走過去。走過去。怕什麼。他停住了。他要玉女和阿哥一同走到他前面去。他是動不了了。

觀眾大笑。

玉女用一根手指頭點點他。這只是開頭啦。好戲在後頭。她一面說一面和狗熊一同走到他面前。狗熊伸出一隻前爪。玉女拉起蔡叔叔的手和爪子握了一下。蔡叔叔向觀眾點頭笑笑。玉女說狗熊要親他的臉了。不。不。他連忙說。哪有一個大狗熊親男人的臉。玉女說那是洋規矩。她把狗熊牽到舞台另一頭。人和熊站在舞台兩頭。玉女對狗熊打了個手勢。狗熊挺著肚子向蔡叔叔走。他站在那兒。哈著腰使勁搓手。兩眼盯著狗熊。彷彿牠隨時可以撲過去。

台下的人啊——啊——地叫著。

狗熊走到台中央。蔡叔叔解了凍，腳動起來了。先是小步。哈著腰。步子逐漸大了。身子也直起來了。

人和熊面對面站著。互相瞪著眼。

台下許多人站起來了。

狗熊伸起前腿搭在蔡叔叔肩上。

我也站起來了。

蔡叔叔昂著頭。狗熊湊過去舔他的臉。

全場的人站起來了。後排的人大叫前排的人坐下。吱——的一聲長長的口哨向台上的人和熊吹過去。

熊在人的臉上舔著。

台下的人跳起來叫好。鎂光燈閃亮，新聞記者拍照。

狗熊停止了。

人和熊又面對面站著。互相瞪著眼。

台下的人大叫再來一個。

玉女牽著狗熊向觀眾行禮。

蔡叔叔仍然站在那兒。直挺挺地站著。定定望著面前。臉上帶著笑。一個女孩子走到台上把一朵黃色的康乃馨別在他衣服上。

觀眾仍然狂叫。仍然鼓掌。

怕。但怕得有一種肉慾的快感。蔡叔叔下台後告訴我。他得意地笑著。

＊　＊　＊

家綱睡著了。我在紙上和桑娃筆談。

我帶你到閣樓外面去

不

為什麼
沒有身份正
你出去了就可以向區公所領身份證
我怕太陽
晚上出去
我怕人
半夜院子沒人
很黑
外面黑得很好看到處閃光
光從哪兒來
天上
我也怕小狗小貓
動物怕人
我是人
對
小狗小貓也怕我

對

真的嗎

真的

我要出去嚇嚇那些小東西

我們一起去

桑娃樂得在榻榻米上抱著枕頭打滾。我望望睡著的家綱。她馬上靜下來了。她知道家綱是不准我帶她出去的。

＊　＊　＊

晚上。我從外面回到閣樓。家綱和桑娃睡著了。我拍拍桑娃的肩膀。她睜開眼。我指指窗外。很圓的月亮。她骨碌坐了起來。擦擦眼睛。我又指指窗外。她點點頭。

我扶著她站起來。她搖晃了幾下。她必須低著頭。她站著比天花板還高了。我在前面走下梯子。她在梯口停住了。我用力拉了她一把。她走到梯子中間轉身要回閣樓。我又用力拉了她一把。

她終於站在院子的土地上。仍然哈著腰。我拍拍她的背。她挺直了。

她站在那兒。一臉驚訝。眼睛在每樣東西上盯許久才轉到一邊去。一面低聲說著她看見的東西。

草。

樹葉。

石頭。

蔦蘿。

茉莉花。

月亮。

星。

雲。

小蟲子。

螢火蟲。

牆角的光。

貓。白身子黑尾巴。

桑娃一把抓住我的手。貓呼的一下從牆角跳上牆頭。蹲在那兒一對放大的瞳孔瞪得圓圓的。我拍拍她的手。她站著沒動。貓跳到牆外去了。她抬頭對我笑笑。

她說到閣樓外面來好累人。她從來沒有那樣子筆直站在地上。

我牽她回到閣樓。

＊＊＊

夜很深了。

門口有人敲門大叫查戶口。閣樓窗子刷著一道道電光。

桑娃不在閣樓裡。

我爬到窗口。只見桑娃站在院子裡兩手抱著白身黑尾的貓。人和貓釘在兩道交叉的電光上。另有幾道電光在她頭頂刷來刷去。

兩個警察彎著身子和桑娃講話。她指指閣樓。所有的電光刷的一下一齊向閣樓掃來。

我坐在窗口。

一道電光從我背後釘來。我一轉身。白身黑尾的貓蹲在榻榻米上。桑娃坐在貓的旁邊向我狠狠說了一個字。

人。

她舉手指著閣樓梯口。梯口露出一個警察的上半身和另一個警察的頭。

查戶口。身份證拿出來。半身警察說話了。

身份證拿到佛教蓮社領救濟米去了。家綱坐在他的榻榻米上那麼回應。

我爬到我的榻榻米上。

那麼把戶口名簿拿出來。半身警察一面說一面翻著手裡一個大夾子。夾子裡是每戶人家的戶口名簿副本。

家綱沒有作聲。白身黑尾的貓舔著桑娃的手。

我從枕頭底下摸出我的身份證。北市中興口字第八二七一號。

身份證上沒有戳子。桑青沒有報戶口。半身警察一面說一面反反覆覆查看我的身份證。不報戶口是違法的。配偶的名字叫沈家綱。他一說到那個名字就頓住了。

對。他的名字叫沈家綱。我重複了一句。

家綱狠狠盯著我。

閣樓裡的鐘仍是十二點十三分。

第四部

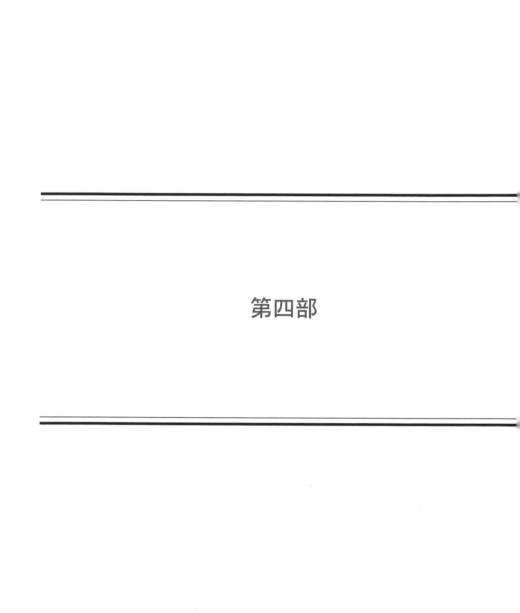

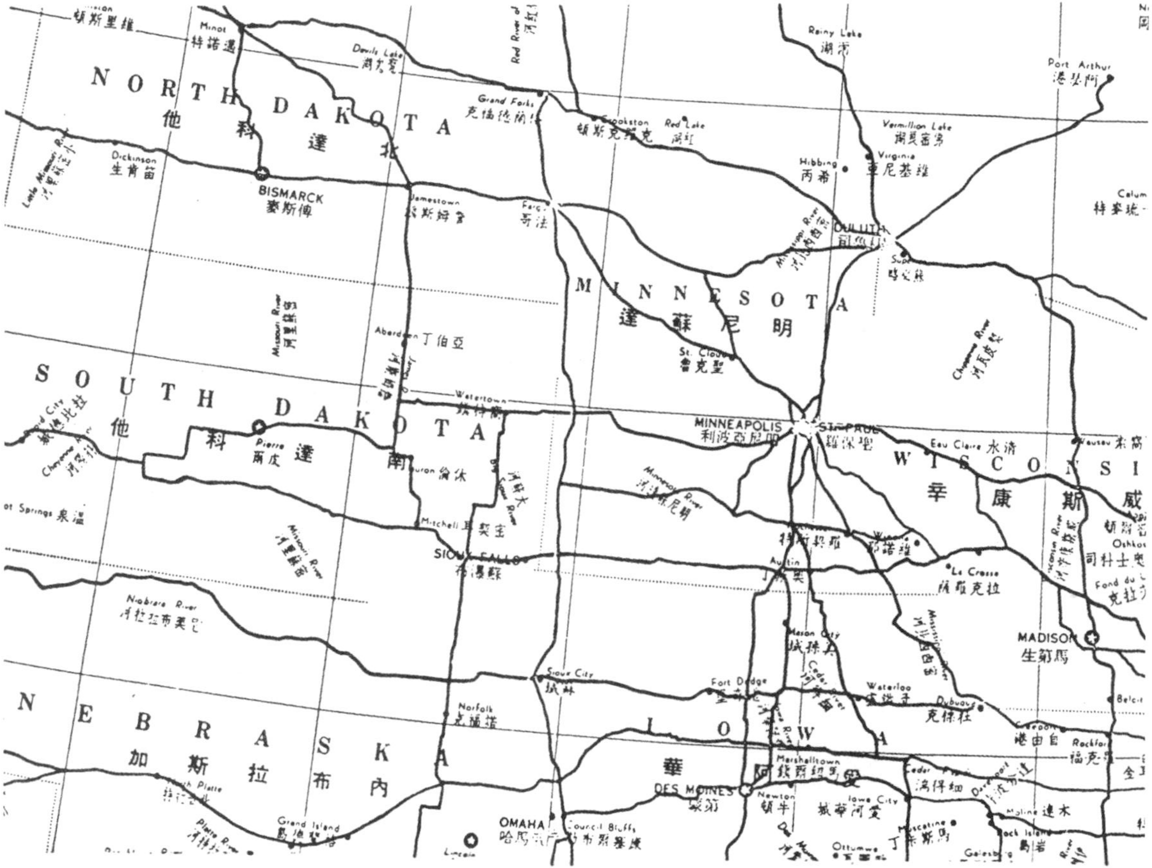
NORTH DAKOTA
北達科他
SOUTH DAKOTA
南達科他
NEBRASKA
內布拉斯加
MINNESOTA
明尼蘇達
IOWA
WISCONSI
威斯康辛
BISMARCK
俾斯麥
MINNEAPOLIS
明尼亞波利
ST. PAUL
OMAHA
哈馬奧
DES MOINES
MADISON
馬迪生
Minot
Devils Lake
Grand Forks
Crookston
Red Lake
Rainy Lake
Port Arthur
Vermilion Lake
Hibbing
Virginia
Dickinson
Jamestown
Aberdeen
亞伯丁
Watertown
Pierre
Huron
Mitchell
Sioux City
Fort Dodge
Mason City
Waterloo
Dubuque
Norfolk
Marshalltown
Newton
Iowa City
Ottumwa
Muscatine
Moline
Rock Island
Galesburg
Rockford
Eau Claire
Wausau
La Crosse
Austin
Missouri River
Niobrara River
Chippewa River
Minnesota River
Mississippi River
Hot Springs
Grand Island
North Platte
Platte River
Lincoln
Council Bluffs

桃紅給移民局的第四封信

移民局先生：

我又上路了。我就在地圖上那些地方跑。

原來水塔裡也沒有和平。砍樹的人的大鋸子不見了。我濺滿了泥的雪靴不見了。許多人來看破木桶裡一對「怪物」。附近的居民報告警察局，說我們來歷不明，身份不明，在那麼一個破木桶裡住下來，其中必有蹊蹺；也許是從監獄逃出的犯人；也許是從精神病院逃出的瘋子；他們的生活受到很大的威脅。於是，兩個警察到水塔來了。我和砍樹的人在水塔裡光著身子談嬰兒出生的事，他們盤問一番之後，發現我們只是兩個流浪的外國人，沒有犯過罪，看上去很平和；我們只是要靠著泥土做個自然人；我們似乎不是人的威脅。但是他們發現破舊的水塔對於我們不安全：沒有任何衛生設備，木頭腐朽了，隨時有倒塌的危險。許多記者來訪問我們，為我們拍照。我們成了報紙上的頭條新聞，叫我們「塔裡的人」。

警察局終於找到水塔主人詹姆士太太。她很久以前就搬到加利福尼亞去了。她的律師宣布：

「詹姆士太太曾經盡力保存水塔，那是個有歷史性的古蹟。但是她不願意水塔傷害任何人，現在決定拆除水塔。」

我和砍樹的人離開水塔了。我們並沒有打算在水塔住一輩子。他要往東走。我要往西走。我們就分手了。他打算一路為人砍樹，存錢買一輛旅行車到加州去。我向他講唐勒湖的故事。他說唐勒湖是他去加州的必經之地，他一定要開車去逛逛。我要為我的孩子找一個出生的地方。我將生出一個有血有肉的小生命。現在，我又是獨自一個人了。

我走時在水塔的鐵腳上掛了一個木牌子，模仿太空人留在月球上的牌子寫了下面的話：

一個來自不知名星球的女人
曾寄住在水塔裡
公元一九七〇年二月二十二日
—一九七〇年三月二十一日
我對全人類是懷著和平而來的。

桃紅　一九七〇年三月二十一日

附：寄上桑青美國日記一本，江一波信數封，桑青在紐約沒投郵信數封，桑娃信數封：

她愛上了一個已婚的中年男人，他太太就要生第五個孩子了。

桑青日記

美國獨樹鎮
一九六九年七月—一九七〇年元月

我在移民局第八十一號辦公室。我對著窗子坐著。窗子是關著的。對面一幢高大的灰色樓房，一排排窗子也是關著的。移民局的調查員坐在我對面，隔著灰色鋼質辦公桌。他禿頭，尖下巴，仁丹鬍，戴著一副大墨鏡。黑臉紅嘴的女祕書坐在另一張灰色鋼質辦公桌前面。桌上有一架電動打字機。戴墨鏡的人從公文櫃裡抽出一個大卷宗。卷宗角上有我外籍登記號碼：（外）字八九—七八五—四六二。他打開卷宗，抽出一疊表格，叫我看一遍。

姓名　海倫・桑青・沈
性別　女
籍貫　南京
生日　十月十六日，一九二九年
國籍　中國人

現在通訊處	五號公寓，三十三號第二街，獨樹鎮
永久通訊處	無
職業	中文教員
聘用機關	聖靈懷胎中學，獨樹鎮
婚姻狀況	孀
配偶姓名	家綱・沈（亡）
子女姓名	桑娃・沈（現在台灣）
曾否參加任何黨派	沒有
護照號碼	台伍参字第二八八九五號
簽發護照日期	九月二日，一九六六年
簽發護照機關	中華民國外交部
簽證類別	交換訪問
申請目的	永久居留
申請年月	十二月八日，一九六八年
以往住址	（自十六歲起）

……

許多年月。許多地址。我沒有看下去。我把表格遞給戴墨鏡的人。他打開卷宗，把表格放了進去。卷宗裡面有厚厚一大疊文件。他兩手壓在卷宗上面，聳起肩膀。

「表格上沒有錯誤嗎？海倫。」

「我的名字叫桑青，海倫那個名字，我早不用了。」

「喪——青——，外國名字聽起來很滑稽。現在，言歸正傳。」他打開卷宗把那厚厚一大疊文件翻了一下，又把卷宗關上了。「這是我們對於你調查得來的資料。你要申請永久居留，就得經過調查。調查的結果還不知道。我們還要繼續調查。現在，我需要你的口供。」他對祕書打了個手勢。她立刻把兩手放在電動打字機上。「海倫，請你舉起右手跟我宣誓。」

我舉起右手。

「我，海倫・桑青・沈，於一九六九年七月十七日宣誓。」

「我，海倫・桑青・沈，於一九六九年七月十七日宣誓。」

「以下所說的話全是實情。」

「以下所說的話全是實情。」

「若有捏造，」

「若有捏造，」

「願受美國刑法處分。」

「願受美國刑法處分。」

咔，咔，咔……電動打字機打下每個字。

「現在，我要問你一些問題。你叫什麼名字？」

「沈桑青。」

「對不起，請用海倫・桑青・沈這個名字。你是什麼國籍？」

「中國人。」

「你是哪年哪月生？」

「一九二九年十月十六日。」

「你的父親叫什麼名字？」

「桑萬夫。」

「他什麼時候自殺？」

「一九四八年十月七日。」

「為什麼自殺？」

「不知道。」

「他是共產黨嗎？」

「我想不是。」

「你母親叫什麼？」

「桑李金枝。」

「她現在哪兒？」

「中國大陸。」

「她是共產黨嗎？」

「在我離開大陸以前，我想她不是共產黨。那以後的事，我就不知道了。」

「她嫁給你父親以前是什麼人？」

「妓女。」

「你和她有連絡嗎？」

「最初通過幾封信，後來停止了。」

「你的弟弟叫什麼？」

「桑抱慈。」

「他什麼時候從南京到解放區去的？」

「一九四八年十月六日，在我父親自殺的頭一天。」

「他是共產黨嗎？」

「他在南京的時候，我想他不是共產黨。」

「他為什麼到解放區去呢？」

「他在家裡活不下去。」

「你和他有連絡嗎？」

「沒有。他在韓戰陣亡了。」

「你什麼時候從南京到北平去的？」

「一九四八年十二月，在我父親死了以後，日子記不清了。」

「那時候你知道北平被共產黨包圍了嗎？」

「知道。」

「你那時候是共產黨嗎？」

「不是。」

「你進入北平為共產黨工作嗎？」

「不是。」

「你為什麼跑進一個圍城？」

「我在南京活不下去了。北平是我唯一的生路。」

「你的丈夫叫什麼？」

「沈家綱。」

「他是共產黨嗎？」

「我想不是。」

「他在台灣為什麼逃亡？」

「因為挪用公款。」

「你為什麼也躲在閣樓裡？」

「和丈夫在一起。」

「你沒有犯罪嗎？」

「沒有犯法律上的罪。」

「你認識一個叫趙天開的人嗎？」

「認識。」

「他是共產黨嗎？」

「他在大陸時候，左派說他是國民黨；他到了台灣，國民黨說他是共產黨。我不知道他到底是什麼。」

「他為什麼坐牢？」

「不知道。」

「你為他工作過嗎？」

「沒有。」

「有人說在他被捕頭一天，你和他見過面。」

「是的。」

「在哪兒見面？」

「在台北小月光咖啡館。」

「你為什麼見他？」

「我們在南京同學，好過一陣子。在台北街上碰到了，到小月光去喝了一杯咖啡。」

「你和他犯過通姦罪嗎？」

「沒有。」

「你和誰通姦？」

「……」

「在台灣你和蔡承德先生通過姦嗎？」

「……」

「你和蔡承德先生通過姦嗎？」

「……」

「你和蔡承德先生通過姦嗎？」兩片大墨鏡向我逼來。「請你回答我的問題。」

「我和蔡先生接近過一陣子。」

「對不起。請你重新回答我的問題。你不能用『接近』那一類空泛的字眼。我要調查的是你的行為。『通姦』就是行為。你必須用確切的『是』或『否』回答我的問題：你和蔡承德先生通過姦嗎？」

「是。」

「什麼叫做通姦？」

「女人和有婦之夫、男人和有夫之婦上床，就是通姦。」

「你應該把上床改成性交。請你再說一遍。」

「女人和有婦之夫、男人和有夫之婦性交，就是通姦。」

「蔡承德先生是有婦之夫嗎？」

「他太太死了。」

「你那時候是有夫之婦嗎？」

「是。」

「你和蔡承德先生什麼時候開始性交？」

「確切的日期記不清了。我只記得是在我們從殯儀館出來以後。」

「你的意思是說，在你看著他的太太入棺以後。」

「是的。」

「原來如此。你和蔡承德先生性交幾次？」

「不記得了。那是十年前的事了。」

「隔多久性交一次？」

「沒有一定的時間。」

「每次性交有多久？」

「不知道。性交以後就睡著了，沒有看錶。」

「你參加過任何反叛美國的活動嗎？」

「沒有。」

「你現在是共產黨嗎？」

「不是。」

「你是左派嗎？」

「不是。」

「你忠於美國政府嗎？」

「我是中國人。」

「但是你正在申請美國的永久居留權。你忠於美國政府嗎？」

「是的。」

「你還有什麼要解釋的嗎？」

「沒有。」

戴墨鏡的人打了個手勢。電動打字機停了。

「好。移民局還得繼續調查。你等著最後的判決吧。」

「什麼時候判決？」

「不知道。調查程序必須經過中、美雙方層層機關。我們還要訪問各種不同的人，從各方面收集關於你的資料，然後才能判決：永久居留或是遞解出境。」

「你們訪問些什麼人呢？」

「有的是你的朋友。有的是你不認識的人。」

「就是朋友也不一定認識我。」

「那個沒有關係。我們要調查的，不是你的情緒，不是你的感覺，不是你的動機。我再重複一遍：我們要調查的，是你的行為。行為是任何人都看得見的。現在，請你在口供上打上指印。」

我用大拇指在口供上打了指印。

「對不起。還得請你簽字。」

我又在口供上簽了桑青兩個字。

「祝你好運，海倫。」戴墨鏡的人站起來，隔著灰色鋼桌子伸過手來和我握手。

＊＊＊

我赤裸裸地在石頭城上跑太陽要落到玄武湖裡去了。石頭城下到處是石頭每個石頭上蹲著一隻白身子黑尾巴的貓，石頭城傾斜了要倒下去了要倒下去了要倒下去了向著許許多多白身子黑尾巴的貓倒下去了。我轉身往雞鳴寺跑雞鳴寺呢撞鐘的老和尚呢？戴墨鏡的人在石頭城上追來了一個兩個三個四個五個……他後面跟著一長串戴墨鏡的人，全是禿頭尖下巴黑西裝。我又轉身往玄武湖跑石頭城快要倒在貓的身上了。所有的貓瞪著眼望著我。戴墨鏡的人指著我赤裸的身子大叫：「（外）字八九—七八五—四六二號你要跑就得從貓的身上踏過去。」石頭城倒了。白身子黑尾巴的貓不見了。石頭城下躺著一堆死人他們也都是赤裸裸的。爸爸弟弟家綱媽媽。媽媽也死了嗎。蔡叔叔。他也死了嗎。他娶了一個年輕台灣女孩子他不能死呀。我從赤裸裸的死人身上一個個踏過去。很軟很軟的身子一踏一個腳印子。我不住嘴地說你們在世我對不起你們你們死了我還要踏你們。我沒有辦法我要逃亡。我踏在家綱身上他突然坐了起來。他不說話只是望著我笑。桑娃站在遠處指著我的光身子大叫妓女妓女要生私生子了。我叫桑娃我是你媽媽你過來。我們在一起重新過活。我叫也叫不出聲一抬頭我看見江一波在玄武湖的小船上我叫一波一波快來接我到船上去。我還是叫不出聲我必定死了。死人才叫不出聲。我真的死了死了死了死了……

＊＊＊

頭晚我吞了太多的安眠藥，做了一夜的惡夢。現在，我恍恍惚惚跨進澡盆。我的身子一碰著水，我就變成了個新女人。頭不痛了，腰不痠了，身上的毛病全消了。疑慮、恐懼、歉咎的感覺也全消了。水從我陰部的唇暖進去，一直暖到我身子裡。我和水一樣透明了。

人活著實在好。窗外的榆樹、陽光、松鼠也活得很好。水拍著我的奶子。我突然發現奶子大一些了，圓滾滾的，又結實，又有彈性，是男人撒過野的奶子。我用手指逗逗奶頭。奶頭顛了幾下，挺了起來，小狗似地昂起頭，等待撫摸。

我從澡盆出來後，打開窗子，打開門，打開電燈，打開唱機，打開電視——全世界都在我面前打開了。

「……登月小艇駕駛請每一個人，不論何人，不論何地，請每一個人靜默一刻，默想一下過去幾小時發生的事，用每個人自己的方式來表示內心的感謝……上面那一段話是太空人艾德林在月球上說出的。太空人正在老鷹艇艙裡作踏上月球的一切準備……」

「……鳥兒拚命的唱，

花兒任性的開，

你們太痛快，太痛快呀……」

太空人要踏上月球了。唱機裡的金嗓子快活地唱著。江一波從開著的房門輕手輕腳走了進來，提著一個小旅行包，腋下夾著一個小螢幕架子。他輕輕關上門，靠在門上望著我呆住了。半晌，他才說：

「你怎麼一回事呀？你好像突然變了一個人！」

「江公，你怎麼一回事呀？」我赤條條地站在屋子中間，正好站在燈光底下，對著牆上的一幅畫：一隻大獅子豎起兩隻前腿抱著一個赤裸的女人；女人微微彎著腿，朝天仰著頭；獅子用大耳朵擦著她的奶子。

「我很好呀！好到『不知老之將至』的地步了！上午去教堂做禮拜，下午打了一陣子網球，把一個年輕小伙子打敗了！」

「我可認為你有點兒毛病，江公。」

「什麼毛病？我每年七月十日生日那天通身檢查一次身體。血壓、心臟，都很正常。最重要的是，這年頭兒，中國人跳樓自殺得神經病的特別多，我的精神卻非常健康！」

「對著一個赤裸裸的女人，談你的精神健康，這不是毛病嗎？」

江一波大笑。「急什麼？反正你今兒晚上逃不出孫悟空的手掌心！I've a surprise for you。」他指指地板上的螢幕架子。

「……寧靜海基地，寧靜海基地，這兒是豪斯頓控制中心，艾德林，請你告訴我們，在目前這一刻你到底在平面表上什麼地方？……」

「……我不要這瘋狂的世界，
　這瘋狂的世界……」

警車的哨子叫起來了。

江一波把電視關了，把唱機的聲音扭大了。「美國人登陸月球和咱們中國人有什麼關係？還是聽聽金嗓子的歌吧！我從大陸到美國正是金嗓子紅得發紫的時候。這裡的早晨真自在，這裡的早晨真可愛，聽不見賣米，也聽不見賣菜……」他跟著金嗓子唱了起來，一面支起螢幕架子，從旅行包裡拿出放映機，摸出一卷膠片。他壓低了聲音說：「你這公寓住的不是老寡婦就是老處女。每次我來看你就覺得眾目睽睽。我提著這玩意兒從後面的太平梯上來。一上來就碰見你的房東太太！她看著太平梯，看看我手裡的東西。我進也不是，退也不是，只好硬著頭皮背對著她向你房門口走。我一轉身只看見她站在她的房門口盯著我；她背後的電視上現出了一張很大的黑女人臉，向天張著嘴，好像求救的樣子，又沒有聲音——電視是啞的。房東太太站在走道的那一頭；我站在走道的這一頭。她楞楞望著我；我楞楞望著叫不出聲的黑女人。那實在有點兒滑稽。我突然笑了起來。她招招手說：『Have a good time，Professor.』我取下帽子說：『Thank you，Madam.』我就大大方方，提著春宮電影走進了你的房。」

我為江一波調了一杯杜松子酒；為自己調了一杯血紅的瑪麗。我在沙發上坐在他旁邊，仍然光著身子。他的眼睛盯在春宮電影上，竟沒有注意到我也喝起酒來，我是從來不喝酒的。他好像也不知道旁邊還有個赤裸的女人。影片上放映著各種做愛的姿勢：兩個女人做愛；兩個男人做愛；一男一女做愛；一群男女做愛。江一波身上的小動物一個個醒了，活了，動起來了。

金嗓子叫著鳳凰于飛雲霄一樣的逍遙。

警車的紅燈在窗子上轉著轉著，好像淌的血。

江一波的手和嘴在我身上忙個不停，血紅的瑪麗灑了我一身。他用舌頭舐著我的身子。「嗯，嗯，血紅的女人！為什麼你今天突然喝起酒來？嗯？」

我從他懷裡掙脫了，把空酒杯扔在地上。我跑到洗澡房扭開了澡盆的水龍頭。黑黑的風從窗子吹進來。我躺在澡盆裡。江一波光著身子走進來，我洗他，摸他，吻他，舐他。他在我身上扭著身子嗯——嗯——地呻吟。微涼的水罩著我們的身子。他突然在水裡爬了起來，跨出澡盆，跑到外房。他再進來的時候，戴著橡皮避孕套。我在水裡又重演一遍：摸他，吻他，舐他……

他溜進我的身子。

「我懷孕了！」

他突然停住了。「你開玩笑！」

「醫生已經證明了。」

「不可能。我每次都戴了避孕套。」

「你記得嗎？有一次我們也在澡盆裡，套子滑下來了，我把套子從陰道拉出來，只剩下一個空套子了。」

「你必須立刻打胎！」

「打胎是犯法的。」

「你必須立刻打胎！」

「移民局正在調查你。」

「調查我幹什麼？我早就是美國公民了！」他在我身子裡軟下來了。

「他們調查你，因為你和我通姦。」我講到移民局審問的情形。

「我們最好不要見面了。」他從我身子裡抽了出來。

「現在您正躺在我身上，江教授！」

他笑了。「我的毛病就在此：捨不了你！」

「那你就搬到我這兒來好啦！」

「那個我也辦不到。我和貝蒂是天主教徒，不能離婚的；我還要保住教書的飯碗。再說，我是閒雲野鶴的過慣了。我在青年朋友中還要dignity，你知道。我不能輕舉妄動的。」

「我下決心給你生個私生子。」

「不行，」他臉一沉。「我下決心要你打胎！」

我抓起他那東西，捧在手裡輕輕揉著。

「紐約。你可以去紐約打胎。紐約的法律改了：打胎是合法的。我為你付一切費用：旅費、醫藥費、在紐約的一切費用。」它在我手裡挺起來了。

他啊——啊——地哼，又倒在水裡了。

我突然跨出澡盆。江一波躺在水裡大叫：「啊，啊，你不能走呀！緊要關頭呀！哎喲！」

我打開電視。太空人正在說話。

「……我走到梯子底下了。老鷹的腳在月球面上只陷下去一兩吋。走近了你就可看出月球表面是很細很細的灰塵，簡直就是粉末，非常非常之細。現在，我就要離開老鷹了……這對於一個人是一小步，對於全人類卻是一大步……」

阿姆斯壯在月球上一步一探地走著，弓著背，像個疲倦的人猿。

我調了一杯血紅的瑪麗，走到洗澡房門口。江一波躺在水盆裡，閉著眼，手裡握著那東西——軟軟地皺成了一團。

＊ ＊ ＊

腳步聲在走道上又響起來了。很有權威的皮靴子聲就是警察穿的那種有釘子的皮靴子向著我的房門走來了。我把門鎖上了。警車的哨子叫起來了他們要破門而入了我要從窗口跳下去了。不不不不是警車哨子。原來是爐子上開水壺的哨子叫。

腳步聲停住了敲我的房門了。房東太太眼看著一波走進我的房又在電話上偷聽了我和一波的談話。一定是她向移民局報告了。我在一個晚上給一波打了十幾個電話我告訴他對於頭天晚上的澡盆事件覺得非常可恥。他是個好人我不應該那樣子折磨他。我決定聽他的話到紐約去打胎。我不應該拖累他我不應該給移民局留下罪惡的證據。我們暫時不見面了移民局就不能再加罪名了，不見他是要命的事我需要他我若見不到他我生活裡就什麼也沒有了。

敲門聲更急了我一開門就會看見兩片大墨鏡我從來沒有看見他的眼睛眼睛眼睛。

我一開門兩隻眼睛瞪著我是老頭子無神的眼睛。他問我要不要買一本基督教小冊子「導向永恆生命的真理」。他說這個世界上沒有上帝了我們應該把上帝找回來。便宜得很只要二角五分錢就可以把上帝找回來了。我就用二角五分錢買了一本「導向永恆生命的真理」。我又關上門鎖上門把老頭子的眼睛鎖在門外了。我翻開真理的小冊子上面寫著「死了的人還有希望還有很大的希望重新生活」。也許就為這點希望我應該保留肚子裡的小生命我不應該再害一條命，我害了許多人。保留孩子是我唯一贖罪的機會。桑娃許久不來信了她恨我她瞧不起我她不肯和我在一起。

＊　＊　＊

我又看見那隻紅身子藍肚子黃眼睛的鳥了牠停在爸爸的新墳上。我拾起一塊小石子打過去鳥啄著新墳的土。我在墳前燒錢紙鳥飛到我的肩上。我打開屋子的窗子鳥從窗口飛進來了我走進爸爸書房鳥從門口飛進來了。鳥在爸爸打坐的紅布桃花蒲團上點頭磕腦跳來跳去。我問鳥是不是爸爸的化身牠點點頭。我點三根香跪在鳥面前說我偷了玉辟邪從家裡跑走了我挑逗許多男人扔了許多男人我又偷了媽媽的金雞心把弟弟放走了。是我這個不孝女殺了爸爸。我改頭換面做人我要到北平去重新生活。鳥從窗口飛走了。

＊　＊　＊

我看見南京的鼓樓醫院了。我躺在病床上趙天開穿著長統美軍靴子夸夸夸走進來了眼睛冒著紅絲臉上爬滿了絡腮鬍。他說三天三夜沒有睡覺了。學生反飢餓大遊行引起了流血暴動警察抓走了一大卡車男女學生他同寢室兩個同學也被抓走了。有人說國民黨把暴動分子裝在大麻布口袋扔進揚子江有人發現史丹躺在校園小路上渾身是血不知是誰把她打成那個樣子，有人說是左派人打的因為她是「反動分子」有人說是右派人打的因為她是「民主人士」。又有人說她是性飢渴。她幫左派鬧學潮左派人就和她睡覺她幫右派鬧學潮右派人就和她睡覺，和她睡過覺的人發現了就把她一頓毒打。趙天開不知道她究竟是什麼人，連他自己也不知道自己是什麼人有人叫他反動分子有人叫他民主人士。他只知道一件事就是他必須設法營救被抓走的同學……趙天開不住嘴地講下去。我躺在床上看著他的絡腮鬍被子露出我的手臂頸子和一半胸脯。我叫他安靜下來休息一下子護士走進病房趙天開正躺在我被子裡。

史丹的半邊臉蓋上了一個大疤一隻眼睛呆呆望著我。

那是很久很久以前的事了我已經忘記了。希望那樣的事不要再現在我眼前了。

＊　＊　＊

五十，六十，七十。車子越跑越快了。紅燈、黃燈、黑泥土、紅農莊、白交通牌、綠樹、藍車、棕色火雞……向後邊刷過去了。夏天的風從車窗刷進來了。我又覺得我是個新人了。

雪在玻璃球裡飄著，飄在萬里長城上了。

小鄧一隻手扶著駕駛盤，一隻手拿起儀器板上的玻璃球，猛烈搖了幾下。

雪又在玻璃球裡飄起來了，又飄在萬里長城上了。

「到哪兒去？」我問小鄧。

「不知道。」

他又拿起了玻璃球猛烈搖了幾下。

我笑了。「你好像在和玻璃球賭氣。」

「我在和我自己賭氣。我想，我從大陸費了九牛二虎之力跑到台灣，又從台灣費了九牛二虎之力跑到美國。到了美國，洗過廁所，當過跑堂，好不容易熬到今天，只差幾個月就可以拿到Ph. D.了。拿到Ph. D.又如何？回台灣吧，受不了！回大陸吧，也受不了！留下來嗎？我在這兒又算個什麼？今天我到學校圖書館去打工，遲到了五分鐘。約翰・張那王八蛋用英文和我打官腔，大聲命令我不能遲到，不能早退，中國人到美國來不是淘金的，無論什麼人都得苦幹的。我對他說：『姓張的，你是中國人嗎？請用國語發音！』他指著我大叫：『你是什麼東西？You are fired!』我堂堂正正走出圖書館，只見他轉身把一本新到的《錦繡中華》畫冊拿給歷史系一個美國教授看：『It's a wonderful country，isn't it?』我一出圖書館就泡上一個美國女孩子。」

「然後呢？」

小鄧大笑。「桑青姐，這個還用問嗎？然後就是如此這般了。很粗的皮，有個人碰碰就是了。她倒是在床上哭了起來，說她從來沒有那麼快活過。」小鄧說到「快活」兩個字，踩了一下油門。

車速九十。

「好！」我看著前面的車燈，兩隻眼睛似的盯來了。背後也有兩隻眼睛盯來了。強烈的電光我也不怕了。

「哈囉，我的車子壞了，請你幫個忙好嗎？」路旁一輛車子裡突然鑽出一個人頭，睜著一對絕望的眼睛大叫。

我們的車子呼的一下跑過去了。後面的車子追上來了，要在黃線上超過去。小鄧又踩了一下油門：車速一百。

兩輛車子並排在公路上賽跑。

「你在黃線上超車！」小鄧從車窗伸出頭大叫。

「你超速！」

「你也超速！」

「你不救人！」

「你也不救人！」

「停不了！」

「我也停不了！」

「瘋子！」

「你才是瘋子！」

「你才是瘋子！」

「我要殺死你！」小鄧拿起玻璃球，正要對著那輛車子砸過去，突然又把手收了回來。

「他媽的！犯不著用萬里長城去砸洋鬼子！」

玻璃球在車座上滾。

雪在玻璃球裡飄。

另一輛車子挪下去了，要在岔口轉彎了。小鄧一隻手從褲子口袋裡掏出一把水手刀，叭的一下把刀子扳了出來，用刀子指著那輛車子裡的人大叫：

「祝你好運！」

小鄧把刀子摺好放回口袋，兩手穩穩扶著方向盤，眼睛空空望著前面的路，粗短的身子挺得很直。

「小鄧，你突然變成個大中國男人了！」

「你突然變成個女孩子了！」

「你以前嫌我老嗎？」我斜覷著眼笑著望著他，一面點燃了一支菸。

「不是那意思。我只是說，你今天容光煥發，突然年輕了！」

我在他臉上噓了一口煙子。

「你抽菸？」

「嗯。」

「什麼時候開始的？」

「今天。」我又在他臉上噓了一口煙子。

「你噓得我渾身癢癢的，桑——青——姐！糟糕，走錯路了！」他望著路邊的牌子，把車子慢下來了。「五號公路！我從來沒聽說還有條五號公路！你的煙子把我薰糊塗了。」

「你不斷地在公路上兜吧，總可以兜出一條路來。」

「那倒是真的。我們就兜下去吧！」

車子沿著公路轉彎抹角兜了一陣子。七號公路。十二號公路。沒有公路了。路牌也沒有了。車子在石子路上跑。跑過一個個沒有名字的小鎮。

「這簡直就是迷魂陣！」小鄧話還沒說完，車子發出一陣怪叫，突然停住了。汽油完了。

我們停在廢車場旁邊。場上堆著福特、道奇、雪佛蘭、龐第亞克各種報銷了的車子。許多車子只剩下歪歪彆彆的破殼子，顯然是在車禍中撞壞的。廢車場過去是一條街，兩旁是發灰的白房子，黑黑的窗洞。街頭有個空空的加油站。沒有一個人影。我們陷在美國人所謂的「鬼鎮」了。那樣的小鎮也曾熱鬧過一陣子。年輕人到外面打天下去了；老年人死了。小鎮就成了個「鬼鎮」。

「怎麼辦？」

「等。」

「等什麼？」

「等開車路過的人給我們一點汽油。」

「誰到這種鬼地方來呀！」

「除了等還有什麼辦法呢？太靜了！來點兒噪音吧！」小鄧轉身按了一下後座上的錄音機。

「……老實說，我們這個『行動委員會』還沒有任何立場。我們只是一群湊合的自由中國人。我們不僅有思想的自由，還有選擇行動的自由。但是，自由慾和大麻菸一樣，抽多了就要上癮，上了癮就要出毛病了。『行動委員會』所維護的只是一個『幹』字！有人說我們是沒有根的人，在一個沒有信仰、沒有價值、沒有目的的世界中，這樣反而很好！我們就可

以有徹底的自由從我們自己的行動中去創造生命的價值和目的，甚至於創造一個上帝！至於採取什麼行動？又如何採取行動？請大家在打了工、寫完論文、幫太太洗了盤子之後好好考慮一下。……

我提議組織一個『維護人權委員會』，抗議危害人權事件！

我們必須先認識自己。我們必須互相認識，坦誠相見。如何採取行動做個中國人，這是最重要的。所以……我贊成先採取行動，從行動中去認識，所以……你那話不對，我認為……」

我笑了。「陷在鬼鎮聽中國人開會爭論如何採取行動！」

「好，來一個具體的行動吧！聽聽屠場殺豬錄音。『殺』該是行動吧！」小鄧轉身按了後座上錄音機的電鈕，把錄音帶調整了一下，又按了一下電鈕，轉過來拿起玻璃球搖了幾下。

雪又在球裡飄起來了。四周是漆黑的。長城上的雪是白的。

機器聲、人聲——一陣嘈雜。

嘈雜聲停了。

「我們這個屠場每小時要殺四百五十條豬，我們用的方法準確有效，是人和機器合作的結果。

但是，我們也盡可能使它合乎人道精神。

現在，請各位參觀的人跟著我走。我來解釋每一個殺豬的過程。那兒有一扇小門。門前那一批豬，正噘著嘴望著我們，看起來很滑稽，是不是？牠們就要上屠場了。首先，牠們身上必須打上號碼。那一扇門小得只能通過一條豬。門邊有一塊木板，擋住了拿著棍子的人。棍子頭上有許多小針，那些小針就是個號碼，塗了印墨。一條條豬走過去的時候，站在木板後面的人就把帶針的棍子戳過去，豬的身上就打上了一個號碼。那號碼一直打到豬毛底下，打進肉裡去。豬毛拔掉了，在熱水裡燙過了，那號碼還印在豬的身上。這是我們自認為做得最有效的一點。」

機器聲、人聲——一陣嘈雜。

嘈雜聲停了。

「現在，小傢伙們要洗個熱水澡了。那兒有一個滾燙的水池子，豬就泡在那兒，毛泡鬆了，拔掉了，上屠場的準備工作就完成了。」

機器聲、人聲——一陣嘈雜。

嘈雜聲停了。

「現在，小傢伙們就要上屠場了。我們用的方法是盡量減少生物的痛苦。豬在那斜坡頂上。一個人拿著一對電動鉗子，就像以前女人用的燙髮鉗子。他就用電動鉗子戳進豬的身

子。豬身子一抽，立刻失去和覺，倒在平地上了。一個人高高在上用鍊子鉤起豬的一隻爪子，把豬吊了起來。」

機器聲、人聲——一陣嘈雜。

嘈雜聲停了。

「於是，一個屠戶拿著一把屠刀，非常熟練地向豬的喉嚨刺進去，正好刺中豬的心臟——豬的心臟離喉嚨很近。豬可以說是沒有喉嚨的動物。（人的笑聲。）屠戶那一刀可以說是眼尖手快，又漂亮，又莊嚴，簡直就和宗教儀式一樣。」

機器聲、人聲——一陣嘈雜。

嘈雜聲停了。

「現在，豬高高吊在空中了。血傾注到下面鋼骨水泥的地板上。鮮紅鮮紅，非常好看的血。站在那高桌子上穿橡皮靴子的人就用他手裡那工具，看起來像一把掃帚，把血掃到一條溝裡去，他就成天站在血裡做那件事。他做了二十六年了。血從那溝裡流出去就凝固了。人可以用凝固的血作各種良品。蘇格蘭人喜歡吃豬血布丁。中國人喜歡吃豬血燉豆腐。」

機器聲、人聲混合成一片嘈雜，彷彿永也不會停止……

「你看！小鄧！」我指著前面的田野。我們的車子停了，車燈一直是亮著的，正對著田野。「那兒有好些亮光，好像是人打著燈籠！你看見了嗎？哪，哪，亮光動起來了！朝著我們動起來了！一、二、三、四、五、六、十好幾個呢！哪，又亮了好幾個！」

我們下車向那一點點遊動的亮光跑去。亮光分散了，向四方逃竄。

「鹿！發亮的是鹿的眼睛！」我叫了起來。

鹿跑回山坡上的樹林裡去了。

我和小鄧正停在一座荒涼的小墓園旁邊。一座黑天使的雕像，張著翅膀，彎著身子守著一座墳墓。小鄧擦亮了一根火柴，照著墓碑上的字：

「尼古拉・范德非　一八〇五──一八六一」

墓上的草很深了；墓上有一朵小紅花。

天邊有個黑色穀倉的影子。

我和小鄧在墓草上躺下了，我為他脫下衣服。

＊＊＊

我怎麼和小鄧做出那樣丟臉的事我大概是發瘋了我都不認識自己了。

我又聽見腦子說話了我的腦子之內好像還有一個腦子。兩個腦子是分離的一個說話一個聽。我很害怕我大聲唱歌要把腦子裡聲音壓下去但它還是說個不停我不知道它說的是什麼。那聲音很模糊似乎帶著嘲弄調侃的口吻現在我聽見了。它說你又強姦了一個男人你不能打胎。

* * *

一波果然不來了我打了好幾個電話沒有回應。有一次是貝蒂接電話我把電話掛斷了。我要告訴他我不想墮胎了我不能再犯罪了。

* * *

初一到十五十五月兒圓，春風是擺動楊也楊柳青……我又聽見李寶山用細細的娘娘腔唱小調了。我騎在他肩上去看猴把戲我們在曠野地上走一個乞丐提著破籃子在垃圾堆裡撿煤渣，貨郎一作揖梅香把頭底。我家是姑娘照也照顧你……曠地前面圍了一大群人李寶山突然不唱了指著前面說小青咱們去看槍斃人吧。我問槍斃好人還是壞人李寶山說槍斃共產黨。我問共產黨是好人還是壞人李寶山說誰給老百姓飯吃誰就是好人誰叫老百姓挨餓誰就是壞人。一連幾聲槍響李寶山揹著我跑過去。人倒在血泊裡死了一條很細的血順著山坡流下去。一個很瘦的老婆子跪在一邊哭著燒紙錢把水飯澆在紙灰上。一條很瘦的黃狗聞著流的血……

我看見血就渾身冷得發抖身子縮成一團。我要和人講講話我打電話給小鄧我想告訴他我是個壞女人和他「好」的時候卻懷著一波的孩子。但對他我只說得出一個字「血」。

＊ ＊ ＊

火車在珠江鐵橋上跑來了難民堆在火車頂上許多人頭從窗口伸出來。車頂在電線下面刮過去一個兩個三個人撲通掉到江裡去了。一個人站在最後一截火車頂上向江裡小便看見掉下水的人啊了一聲。長長一泡尿一拉完他就趴在車頂。呼的一下電線在他背上掃過去了窗口的人說大晴天下雨了雨帶著一股怪味道。另一個窗口的人說共產黨已經渡江水裡的人頭冒了幾下不見了。

＊ ＊ ＊

人和人接觸的工具一是肉體，一是電話。我在星期五晚上的消遣就是打電話。

三五一—七七八九。「哈囉！」

「哈囉！貝蒂！你好嗎？」

「海倫！」

「你如何知道是海倫？」

「你有外國人口音。」

「海倫那名字我早已不要了。」

「對不起，外國名字我叫不來。我連自己丈夫的名字一波我都叫不來，我要他叫 Bill。桑青在中文裡是什麼意思？」

「桑是很神聖的一種樹，中國人把它當木主，可以養蠶，蠶可以吐絲，絲可以紡綢子。青就是桑樹的顏色，是春天的顏色……」

「海倫，別停，說下去，說下去，來了，來了，那神妙的感覺又來了，爬上我身子了！爬上我眼睛了！爬進我腦子了！我看見蠶了，銀色的，像蛇一樣，扭著，扭著，渾身吐絲了，五彩的絲，很細很亮，纏在蠶的身上，露出蠶的頭，不！是人頭，是人頭。我也看見賴瑪了。他在森林裡跑，他向著柏樹大叫：『我的女人呢？我的西黛呢？你知道嗎？』柏樹不作聲。他又向著獅子跑，一面大叫：『西黛！西黛！你知道我的西黛在哪兒嗎？』獅子不作聲。他又跑了。他沿著恆河跑，叫著：『西黛！西黛！你在哪兒？』……」

「貝蒂！你看見的是幻覺，你又抽大麻菸了……」

「……尼羅河的水流著，看，就在那兒流！你看見了嗎？愛色斯在山谷裡，愛色斯，愛著她兄弟俄西利斯的愛色斯，她要把棺材打開了，打開了，打開了。俄西利斯坐起來了，那個主宰死亡和生命的神坐起來了，站起來了，跨出棺材了！他拉著愛色斯的手向著森林走。他說要娶她。他們走進原始森林了！海倫，相信我的話，那全是真的。我還看見許許多多人，許許多多不同的宇宙，它們一起湧出來了，那全是真的人，真的宇宙……」

「我完全不懂你的話！貝蒂，對於我最真實的是我肚子裡的孩子，是我和江一波懷的孩子。」

「好！」

「為什麼好？」

「你要有麻煩了！移民局的人今天來向我調查你。我把你給Bill的情書給他了。我說你簡直就是個妓女！」

我大笑。「你真以為有聖母嗎？你放心，貝蒂，我不要你的丈夫。我要我的孩子。」

「我也不要他。我要他的人壽保險。」

「那我們兩個人倒成了朋友了。」

我們笑著，互祝好運，掛了電話。

三五三—一八七六。沒有人接電話。

三五一—九四六六。電話嗡嗡叫。

三三八—二四五七。沒有人接電話。

三三八—〇〇六〇。「這兒是錄音機發音：你撥的號碼已經取消了。」

三五一—九〇六三。「哈囉！」

「哈囉！我要和鄧志剛講話。」

「你撥錯了號碼！」

「你是什麼號碼？」

「不要告訴你。你要什麼號碼？」

「三五一—九〇六三。」

「我再說一遍：你撥錯了號碼！」

我掛斷了電話。

三五一—九〇六三。「哈囉！」

「我要和鄧志剛講話。」

「又是你！錯誤的號碼！」

「對不起。」我又掛斷了電話。

三五一—九〇六三。「哈囉！」

「又是你！錯誤的號碼！」

「請你別擾我，我要睡覺！」

「對不起。」我又掛斷了電話。

三五一—九〇六三。「哈囉！」

「我要和鄧志剛講話。」

「又是你這個女人！你到底有什麼毛病？」

「你這個女人到底有什麼毛病？你……」對方那女人還沒說完，男人接過電話大叫：

「我們在床上正幹得起勁！你再擾我們，我就報告警察！」

「你們在通姦嗎？」

「不干你的事！」電話摔斷了。

三五一—九〇六三。「哈囉！」

我大笑。「對不起，我又撞進來了！」

「我要殺死你！」電話摔斷了。

三五四—九〇六三。「喂！」

「喂！小鄧！你終於從床底下鑽出來了！」

「你說什麼？我剛從實驗室鑽出來了。我又殺了一隻貓。」

「深更半夜殺貓！」

「我非把實驗趕完不可。本來是一隻懷孕的貓。我養了牠一陣子，等牠生了小貓才殺掉。我把貓的肚子一刀刀割開的時候，你猜我想到什麼？」

「想到新生的動物。」

「想到你！」

「我的肚子也得割開，我必須割腹生產。」

「什麼？我不懂你的話！」

「我懷孕了。」

「我們馬上結婚！」

「是江一波的孩子。」

「啊。那他就應該負責。」

「我和他完了。我自己負責。」

「你想要這個孩子嗎？」

「嗯。也是一條人命呀。」

「我同意你的話。我們殺生太多了。原來只是人殺人；現在人加上機器一起殺。我有個奇怪的感覺：我殺貓的時候，有一陣子我自己好像就是那條貓，一刀刀的，割在貓身上，也割在我自己身上。你當真要孩子嗎？」

「毫無疑問！」

「我很佩服你的決心。不過，不過，你的處境也許不適合你有個私生子。我一直沒有告訴你：移民局的人到我這兒來調查過你。我說我一生只崇拜兩個女人，一個是我母親，一個是你。你們在我眼中代表女人的一切的好德性。」

「他怎麼說呢？」

「他沒說一句話，只是把我的話記了下來。對了。對於你的孩子，我有個辦法。我姐姐結了兩次婚也沒有生育。你知道，我姐夫是個第二代華僑，在紐約做股票生意，很有幾文錢。我姐姐的生活就是聽音樂會，去歐洲旅行，去海邊度假，買藝術品，買時裝——幾百件衣服，幾十雙鞋子，也寫點詩，只不過是為了消遣。去過一趟台灣，回來後生活照舊，沒有任何目的。她要是有個孩子，也許會改變她的生活。我在開學之前要到紐約去一趟，為了我申請的工作和公司的人見面，也為我們那個『行動委員會』，你知道。你可以和我一道開車去，和我姐姐談談這件事。你們老同學什麼話都好談。你也可以去紐約玩玩。你……」

「你不用說了，我早決定去紐約了，但不是去和丹紅談孩子的事，是去看帝國大廈。」

「我現在過來好嗎？」

「我這兒沒有帝國大廈！」

「去他媽的帝國大廈！」

我們掛了電話。電話鈴立刻響了。

「哈囉！」

「喂，桑青……」

「江公，桑青死了。」

「別和我開玩笑！貝蒂死了！」

「開玩笑！我剛才和她在電話上談過話！」

「我從外面回來的時候，屋子裡很黑，有一股怪味兒。好像迷幻藥的味兒。我打開燈，貝蒂躺在客廳地板上，旁邊有個空酒瓶。她張著嘴，嘴角淌著水。我叫她，用手推她，全沒有反應。我突然害怕起來：莫不是heart attack突然死了！我摸她額頭，冰冷！我摸她鼻孔，沒有氣了。她就那麼完了！」

「快去報警！」

「我必須要先找到點東西。」

「找什麼？」

「找你給我的信。喂，喂，你去紐約的事怎麼樣了？」

「我決定下禮拜去。」

「其實，你不必……」

「我得去開門了，小鄧來了！」

「他深更半夜到你公寓來幹什麼？」

「你以前不也是深更半夜來的嗎？」

「你肚子裡的孩子是他的嗎？」

「不是。是你的。對不起。他敲門了！」我掛了電話。

＊＊＊

我打開門戴墨鏡的人站在房門口他背後是一條很長的窄走道。他要我在下午一點鐘到警察局去談一談我請他進屋談他說他要利用警察局的設備。他要用測謊器嗎他要用刑罰嗎他要把我關在牢裡嗎。

我要跑掉我不敢見戴墨鏡的人。自從上次他審問我之後他一定又查出許多新的罪狀。我和一波的關係我懷孕的事我和小鄧的關係貝蒂的死。也許是我懷孕的事刺激她自殺死了或者是中風死了，也許是一波殺了他的妻子而要保留他的孩子。我雖然沒有殺她我是有罪的。我打電話給一波沒有回應他也許到殯儀館去了也許給警察抓去審問去了。我打電話給小鄧也沒有回應。這個世界只剩下我一個人圍著房間走走走走。

警察把我帶進一間房子裡就關上門走了。房裡日光燈通亮戴墨鏡的人坐在和移民局一樣的灰色鋼桌子後面。桌上放著卷宗上面有我的外籍號碼（外）字八九－七八五－四六二和一架電動打字機。他站起來和我握手請我坐下他說他到本地來調查好幾個申請永久居留的外國人趁此機會再問我幾個重要的問題。他們對於每件案子都是如此慎重。

他突然問我是不是和江一波通姦我說我們已經不見面了。他從卷宗裡面抽出一疊紙上面是密密麻麻的字他說那是上次審問以後他們調查出來的資料全是關於我行為的證據，有的是他們向人調查得來的有的是人向他們報告的。他翻到一頁說根據房東太太的報告在七月二十日晚上正是太空人登陸月球那天晚上江一波從太平梯上來走進我的房門。他盯著我問七月二十日晚上他是否來和我性交我說是的他問性交有多久我說那個說不清楚。我們不在床上我們在澡盆裡。兩片大墨鏡下面的小鬍子翹了一下他問在澡盆裡如何性交我說首先是我進了澡盆。過了一會兒他也進了澡盆過了一會兒他出了澡盆過了一會兒他又進了澡盆，過了一會兒我又出了澡盆過了一會兒太空人就踏上月球了。他說他完全不懂我的話但他必須把我的話一個個字記下來。他在電動打字機上嗒嗒嗒打下每個字。

他說他還要繼續調查我的案子假若他們判決我是不受歡迎的外國人必須把我遞解出境。我願意到哪兒去。我說不知道。他說不知道中國人到底有什麼毛病他所調查的中國人全是那一樣的回答。中國人是沒有地方可遞解的外國人。這是他們調查其他國籍的外國人所沒有遭遇到的困難。我問他們在什麼時候判決他說不知道。他叫我等等等等……

＊　＊　＊

手指頭很痛我才看見我拿著的香菸把手指頭燒了我的鞋子濺著泥床邊桌子上放著半杯血紅的瑪麗。這是怎麼一回事呢。香菸酒泥土本來都是我不沾的東西。牆上的日曆是九月二日我只記得八月三十號那天戴墨鏡的人在警察局審問我那以後我到哪兒去了我做了些什麼事我全不知道。

天呀穿衣鏡上畫了一個赤裸的女人腰間繫著黑色蝴蝶結。鏡子上還寫了幾句話。桑青死了我開花了我恨桑青。

我把淫畫和字抹掉了是誰的惡作劇呢？

＊　＊　＊

是我的惡作劇。你死了！桑青！我就活了。我一直活著的。只是現在我有了獨立的生活。你不認識我。我可認識你。我和你完全不同。我們只是借住在一個身子裡，（多麼不幸的事！）我們常常是作對的。即令我們做同樣的事，我們的想法是不同的，譬如肚子裡的孩子，你要保留孩子，因為你要贖罪；我要保留孩子，因為我要保留一個新生命。你不和江一波見面，因為你害怕移民局的人；我不理他，因為我瞧不起他。你和小鄧在一起只覺得有罪；我和他在一起只覺得快活。我和你互相「迫害」，就和這個世界上兩大超級強國一樣。有時你占優勢；有時我占優勢。我占優勢的時候就可以強迫你做你不願意做的事，譬如太空人登陸月球那晚你對江一波的挑逗和折磨，在鬼鎮墓園裡你對小鄧的放蕩。事後你就覺得罪孽深重——我就喜歡那樣子和你搗亂。因為你限制了我的自由。現在，你死了，希望你不要復活了，我就完全自由了！

你知道你死後發生的事嗎？

我走進江家，以為貝蒂死了。開門的竟是貝蒂！

「我很高興你還活著！貝蒂！」

她打了個手勢，叫我從後院兜到後門。她在後門口等我。我們下樓走到地下室去。只聽見前面客廳裡江一波和幾個人比賽叫著北平的胡同名字：

「金魚胡同！」

「翠花胡同！」

「丁香胡同！」

「胭脂胡同！」

「汪芝麻胡同！」

「馬大人胡同！」

「口袋胡同！」

「喜鵲胡同！」

「新鮮胡同！」

「細管胡同！」

「梯子胡同！」

「燈草胡同！」

「豆芽菜胡同！」

「白廟胡同！」

「棉花胡同！」

「八大胡同！」江一波叫。

「江公想的不是八大胡同，是八大胡同裡的小鳳仙和賽金花！」

江一波大笑。

東方紅，太陽升，

中國出了個毛澤東，

他為人民謀幸福……

「匪諜！你放共匪的唱片！」一個女孩子的聲音。

「反了，反了！」江一波的聲音。「乾女兒要打乾爸爸小報告了！小娟，你信不信？你乾爸爸去年去台灣，這隻手是蔣太子握過的！」

「吹牛！我才不信！」

地下室是一間長長的房間，地板上到處是衣服、報紙、雜誌、香菸頭、空酒瓶。房間角上有個小型廚房，骯髒的爐子上堆著許多雜貨，此外房間裡只有一個彩色大電視和一個彈簧墊子，上面有許多香菸燒焦的洞。房裡有一股大麻菸味道。一個長髮男人趴在墊子上看電視，只穿了一條內褲。他看見我和貝蒂只是冷冷「嗨」了一聲。電視上新聞報告員用平板的聲音望著虛空說：

「……一枚二次大戰的炸彈今日於伊里諾州木匠村被一打掃公寓女人發現，警方警告附近居民小心謹防爆炸，並積極設法消除該炸彈。但一位青年教師堅持該炸彈不會爆炸，只不過是戰爭留下的一新鮮玩意兒，他在芝加哥一廢車場中拾得，用來作為室內裝飾品……」

「這就是我的地方！我在這兒就覺得很自在。什麼都有了：酒、性、娛樂、大麻菸，甚至於暴動！」貝蒂笑笑，指著電視上警察和暴動分子毆打的場面。

「……五個參與政治活動的人被聯邦陪審團判決煽動暴動罪，該五人曾於一九六八年八月民主黨於芝加哥召開全國性會議時，策劃並煽動流血暴動……」

樓上江一波一陣笑聲。周璇唱著「拷紅」：

……他把門兒關了我只好走，

他們心意兩相投夫人你

能罷休便罷休又何必苦追究……

「Bill從來沒有到這地下室來過。我叫他樓上的中國人；他叫我地下的美國人。」

「我叫他真空人。」我說。

貝蒂陰森森地笑著逼過來：「這就是為什麼他不能離開我：我給他自由過真空的生活。他要是肯離開我，他早走了。我碰到他的時候，他正苦苦讀博士學位。他那時候對一切屬於中國的東西全沒有興趣，甚至於不和中國人來往。現在呢，剛好相反！凡是屬於中國的都是好的！中國文化、中國文學、中國菜、中國衣服、中國女人！他特別喜歡年輕的中國女孩子。」貝蒂起身打開壁櫥拿出一疊信，扔在我腿上。「這全是中國女孩子寫給他的情書！以前的不提了，他去了一趟台灣，就有好幾個女孩子！你知道，你自己也給他寫了許多信，移民局的人來調查的時候，問我有什麼資料供給他們，我就把你的信給他們了。我不懂中文，但是Bill說那是你寫的情書。我可不在乎！」

「我也不在乎！那是很久以前的事了！人和事，只要一死，對於我就不存在了！」我拿起那一紮女孩子的信掂了一下，又扔給貝蒂。「你嫉妒嗎？」

她聳聳肩。「我們很公平，他有他的生活，我有我的生活。」她指指趴在墊子上看電視的半裸男人。

「這些信，包括你的信，全是他自己給我的，表示他對我的忠貞。」貝蒂笑笑。「昨天晚上，他以為我死了。我躺在地板上，恍恍惚惚好像看見他走來了，我不斷地想：我要死一次，我要死一次，我要死一次嚇唬他。我想著想著就不知道自己到哪兒去了。我在霧裡飄起來了。風吹著，雲飄著，八仙花搖著。我就和那些白色花球搖著，搖著。我突然懂得風為什麼那樣子吹，雲為什麼那樣子飄，八仙花為什麼那樣子搖，那就是風、雲、花各自舞蹈的方式。我也有我的舞蹈方式。我們各自是一個獨立的生命，而我們在一起和著一個韻律跳著不同的舞。我從地板上起身到地下室來，碰上Bill也在這兒，那是唯一的一次他到我的地下室來。他拿著這紮信翻著什麼，大概是找你寫給他的信吧。『你要找的信已經交給移民局了。』我站在門口說。他嚇了一大跳。我笑笑說我並沒有死。他也笑笑。他說那紮信沒有什麼意思，他要拿去燒掉。我說我還沒看完呢，我不懂中文，但那些不同的字體就像不同的畫。他說，那麼，信就留下來給你消磨時間吧。我和Bill在一起過了二十幾年了，兒女都結婚了，到現在我還不能了解中國人。但是，我可以和你相通。我們互相都很坦白。現在，我要問你一個問題。你要你肚子裡的孩子嗎？」

「假若我不要呢？」

「我可以收養你的孩子。我生活裡需要點兒東西。」

「謝謝，貝蒂。我要我的孩子。」

樓上的人唱起平劇來了。他們好像在比賽對於平劇的記憶，東一句，西一句，每個人爭著唱，夾著女孩子的笑聲。

「……你開懷是那一個。」

「十六歲開懷是那王……」

「諸侯不合刀兵鬧。晝夜思想計千條。要把狼煙一齊掃。四海升平樂唐堯……」

「哇呀呀呀。且住。四面俱是楚國歌聲。莫非劉邦他他已得楚地麼。」

「啊。大王不必驚慌。差人四面打聽明白。再作計較。」

「兒敢是瘋了麼。」

「聽說瘋我樂得隨機應變。倒臥在塵埃地信口胡言。」

「兒呀。你當真的瘋了麼。」

「怎麼講。」

「瘋了麼。」

「哈哈哈……」江一波作女人大笑狀，突然停住了。

我站在樓上客廳門口。

＊＊＊

那個我是誰我不認識那個我。那必定是陰魂附體她叫我害怕叫我臉紅我如何向人解釋呢如何叫人了解那不是我自己呢。我竟然撞到一波家裡去了竟然和貝蒂批評他我再也沒臉見一波了。無論如何我們好過我仍然亡命需要他我肚子裡的孩子是他的。我打電話告訴他我想把孩子給丹紅那是一舉兩得的事丹紅有個孩子我的孩子也保住了。他說那是個好主意叫我馬上動身到紐約去和丹紅商量。他要給我買機票我說不必了我和小鄧一道開車去我們將住丹紅家。一提到小鄧他就不作聲了。我告訴他我和小鄧的姐姐丹紅是老同學他一直把我也當姐姐看待。他就要拿到博士學位了已經在紐約的醫院申請到工作了他對金小娟很好他馬上就要成家立業了。一波把電話掛了。我不知道為什麼要撒謊。

＊　＊　＊

紐約。福特大樓。我在四十三街上。

福特大樓是個巨大的玻璃缸，分成一個個小玻璃缸。每個缸裡有個人。每個人旁邊有架電話。玻璃缸中間的天井裡有四季的花。

玻璃缸外面有個瞎子走過，牽著一條很肥的大狗。

瞎子突然跑進來了，驚惶地大叫：「福特大樓倒了！福特大樓倒了！狗呢？我的狗呢？」

沒有人理他。

只有我一個人看著瞎子大笑。

＊＊＊

天下著小雨——出殯的日子。第五街上有很長一串反戰遊行的人。白人、黑人、黃人一個接一個從格林威治村走出來，走過華盛頓廣場、帝國大廈、洛克斐勒中心、聖巴特里克教堂（門口掛著牌子：請進去休息祈禱）、大都市藝術館，向著中央公園走去。

沒有一個路人轉頭望他們。路人都被人流湧著往前走，走進鋼骨水泥大廈的口。只有一個人跟著遊行的人走。他身上一顛一顛、頭一翹一翹向後擺，伸出一隻瘸手招著遊行的人，嘻嘻笑著說：「哈囉！哈囉！你們聽見了嗎？哈囉！我要告訴你們：太空動物進攻紐約了！占據帝國大廈了！哈囉！你們聽見了嗎？太空動物占據帝國大廈了！你們聽見了嗎？」

遊行的人沒有聽見。路人也沒有聽見。

我走過去告訴他：我聽見了。他請我到紅蔥酒店喝了一杯血紅的瑪麗。

桑青，我很高興到紐約來的是我，而不是你。我玩得開心極了。我一定記下每一件有趣的事。萬一你冒出來了，也可以知道發生了些什麼事。你瞧，我也可以和你合作的，只要你別太煞風景。

＊　＊　＊

不知道我又「失蹤」了多久又發生了些什麼事呢我好害怕。

我在哪兒呢。黑色的牆壁排著大幅張大千的水墨畫家具也是黑色的黑得叫人心慌。人呢人呢。

丹紅牽著一隻北京狗走進來了北京狗一直向我跑來。我從沙發爬上桌子站在桌子上北京狗往桌上跳。丹紅大笑說她只知道我不喜歡狗還不知道我這樣子怕狗我的臉色都青了。她叫著阿京阿京。狗跑過去鑽在她懷裡她抱著狗坐在沙發上用臉擦牠的毛牠的舌頭舐著她的手臂慢條斯理毫不留情地舐著舐著。

我從桌上爬下來遠遠坐在屋角椅子上我不知道如何開口和丹紅說話這以前發生了什麼事我完全不知道。我問今天是什麼日子小鄧到哪兒去了。丹紅笑著說我好像是月球掉下來的人什麼都不知道了，今天是九月八號星期六我和小鄧上午一道出去下午我一個人回來了，她還問我她弟弟到哪兒去了呢。她說他到紐約是為了工作的事但他好像對工作一點也不關心，每天和一群人開「行動會議」那些人都是左傾分子，她的爸爸是被共產黨殺死的她和她弟弟絕不能傾向殺死父親的人。她也許有一天要到台灣去。她寫著玩玩的幾首詩竟然在台灣發表了。最後她頓了一下笑笑說她看出她弟弟和我很好。我說我這個女人是禍水誰沾上我誰就倒楣那對小鄧是不公平的金小娟對他很好他也快拿到博士學位了。他可以在美國安頓下來了我下決心回去以後就不見他了。丹紅問我以後怎麼辦呢我還要保留孩子嗎（她好像什麼都知道了她會怎麼想呢是我告訴她的嗎）我說我不能把活活的一條小命害死我願意把孩子給她收養。她眼睛一亮問真的。頭天我還堅決表示孩子不給任何人呢她希望是個兒子她甚至談到如何布置孩子的房間她要把房裡貼滿聖嬰的照片。不過不過……她突然停住了。

天黑下來了我擰亮了茶几上的燈。北京狗不見了。丹紅走到臥房門口望著裡面微笑然後向我招招手我走過去看見狗趴在她床上睡著了。她在我耳邊低聲笑著說阿京就是她兒子。

＊　＊　＊

我絕不讓你把孩子給丹紅！

我和小鄧逛了一整天紐約。晚上出去。百老匯看戲。觀眾上台脫光了衣服跳；演員下台坐在觀眾位子上扔菓皮。小鄧說在那樣的戲裡連觀眾也有行動，在生活中每個人也得有行動。我們沒有告訴丹紅看過那樣的戲。她是個窈窕淑女。

＊　＊　＊

我突然發現自己赤裸裸地躺在澡盆裡洗澡房的門是開著的。門口站著丹紅的丈夫Jerry

他的臉紅了。

我不知道那是怎麼一回事我如何到澡盆裡去了我必定是發瘋了我寧可死掉。

＊＊＊

我告訴你是怎麼一回事：

我和鐵面人在四面黑牆的客廳裡。丹紅和幾個中國朋友到華美協進社唱平劇去了。小鄧出去開會去了。鐵面人的臉是鐵青的。丹紅叫他 Jerry darling 的時候，他的臉也是鐵青的。丹紅說他們當初還是「一見鍾情」呢！他坐在桌邊摸弄大大小小的照像機，從大方盒子一直到小火柴盒似的照像機一共有十四個——最近才買了德國最近出品的小火柴盒，十三那個不祥的數字就變成了十四。

我坐在沙發上看電視：一個披著長長的金色假髮的女孩子，閃著長長的假眼毛，挺著尖實的乳房（也許是假乳吧！）拿著一把克拉蘿電動鏡，嘴唇蒼白、粉紅、紫紅不停地變幻：

「……今天所有的鏡子只在一種光度下反映你的面孔。其實，這個世界有各種不同的光度。因此，克拉蘿公司就發明了克拉蘿真光鏡。只要你按一下鏡子上的電鈕，你就可以在天光、燈光、日光各種不同光度下看你自己的面孔了……」

「馬上也可以製造電動嬰兒了！」鐵面人說話了。他說的是英文。「電動嬰兒有個好處：永遠不長大；永遠在嬰兒狀態，這個世界就沒有戰爭了。現在可以用實驗管交配製造嬰兒；性別，個性，都可以用科學方法決定。」他仍然玩弄著桌上的照像機。

我看著他手腕上的錶：圓玻璃面透著錶裡一個個小齒輪——那也是新發明的玩意兒。他緊身褲子的膝蓋頭有條拉鍊封鎖著。「丹紅喜歡孩子，你們可以用實驗管造一個兒子。」我說的是中文。我對黃面孔就不會說英文了。

「我不喜歡孩子！我寧可讓瑪麗養一隻狗！」他從不叫她丹紅。

「為什麼？」

「人比狗危險。這個世界假若只有目前人口的十分之一，就不會這麼亂了。人製造紊亂。機器製造秩序。和機器打交道最穩當。」

電話響了。他走過去接電話，聽了一陣子，說了一句話：「耀華，你必須冷靜。」就把電話掛了，走回桌邊坐下用一塊絨布擦照像機。

阿京跑來了。向他腿上爬，抓他膝蓋頭的拉鍊。

「Pete，別動！」

「Pete?」我笑起來了。「丹紅叫牠阿京；你叫牠Pete！到底哪一個是牠的名字？」

「兩個全是。任何人都可以給牠取個名字。你也可以叫牠John。這就是養狗的好處：牠不會抗議。瑪麗叫牠阿京，她說那名字就表示牠是地道的北京種。我叫不來中國名字，就叫牠Pete。」

電話鈴又響了。他走過去接電話，聽了一陣子，又只說了一句話，「耀華，你必須好好睡一覺。」把電話掛了。

阿京往他身上竄。他抱起阿京，把牠放在臥房裡，關上門。阿京扒著門響。

電話鈴又響了。他走過去接電話，聽了一下說：「好，瑪麗，我把Pete抱來。」他打開臥房的門，把阿京抱到電話旁邊。阿京對著電話筒叫了幾聲。他又對著電話筒說：「瑪麗，你快回來，你不回來，Pete就不乖。」他掛了電話。

電話立刻又響了。他拿起電話說了一聲哈囉之後：「又是你。耀華。」他聽了一陣子。「你不能自殺。你好好睡一覺就好了。」他掛了電話，走回桌邊坐下。

電話又響了。

他搖搖頭說：「受不了。神經病。」

我笑了。「現在你可知道機器也會有神經病。」

「我指的是人。那是瑪麗的表弟耀華，從台灣來了幾年。瑪麗也不喜歡他。又骯髒，又糊塗。他在費城大學讀哲學，英文不行，請人代寫論文。教授一看，問他是不是請人代寫的。他說是。就開除了。在飯館做跑堂，做了三天，老闆就不要他了。現在，他一天打幾個電話來，嚷著要自殺。今天晚上他又說要自殺了。中國人全有毛病。」

電話鈴一直響著。

他繼續說：「現在可以用一種科學方法把人凍結起來，你知道嗎？就像凍牛肉一樣，要凍多久就凍多久，就說一百年吧。在那一百年期間，人的一切機能停止，一百年之後，自動解凍，再從開始凍結的年齡重新生活。」

「目前這一段時間就不要了？」

「對，不要了；只為未來而活。」

「一百年以後，假若你解凍的時候，沒有一個人類了，所有的星球上全是機器人，你和誰做愛呢？」

鐵面人笑笑。「那一點機器人也可以辦到的。」

電話鈴停了。

我想和鐵面人開開玩笑。我走進澡房放水。我脫掉衣服。我泡在澡盆裡。我沒有關門。我看見我的身子在水裡閃著光。

桑青，就在那時你冒出來了，你看見他的臉紅了。你偏在那個時候冒出來，我得整整你！

＊　＊　＊

我和小鄧在四面黑牆（丹紅的室內裝飾的確很別緻！）的客廳裡。鐵面人到華爾街去了。丹紅帶著阿京到第五街去了。

電話響了，小鄧接電話。

「哈囉！……耀華嗎？……請你說話聲音大一點，我聽不清楚。……耀華，你不能想到自殺呀，你是個男人呀，採取行動，做什麼都可以，只要對你有意義……只有死路一條嗎？我知道。那你就找一條路去死好啦！回台灣好啦！回大陸好啦！用你的行動去殺死你；但絕不是用你的手去殺死你……喂，喂，耀華，說話呀……」

電話響了。小鄧接電話。

「哈囉！……小王嗎？耀華門鎖了你就應該撬開門呀！他可能自殺了……啊，警察來了……耀華從樓梯走上來了嗎！……什麼？他看見警察就跑了！……你認為他吸毒嗎？……請你一定把他找到。我等你消息。我來不了。我若開車來起碼也得兩小時。請你務必把耀華情況隨時告訴我。謝謝你。」

電話響了。我接電話。

「哈囉！」

「丹紅，我是耀華。我沒有死。我剛剛從一個波多黎各女孩子的公寓出來，我在那兒快活了一下子。可以說是個『老相好』，我以前見過她一次。我第一次在八十六街的酒吧碰到她。我們到她公寓去，我說餓了，她說只有雞蛋，我說那就吃煎蛋吧！我們吃了煎蛋就上床，睡了一覺，又餓了，又吃煎蛋，又上床，又睡了一覺，又餓了！又吃煎蛋，那時候已經天亮了。一打雞蛋剛好吃完。今天我在四十二街又碰到她了。我連買花生米的錢也沒了。我說她的煎蛋真好吃。她說那就再吃煎蛋吧！我剛剛吃了兩個煎蛋；我走的時候她說她喜歡我。丹紅，你說妙不妙！丹紅……你可不可以再借我一點錢……我知道，我借的太多了，一文錢也沒還。總有一天我會還給你。我不還你錢我死也不閉眼的。丹紅，你為什麼不說話？你是丹紅嗎？你不借錢給我，是不是？滾你媽的蛋！我一定會給你點顏色看看！再見吧！」

我掛了電話。電話又響了。小鄧接電話。

「哈囉！……小王！耀華剛剛來過電話了，要借錢，大概是毒癮又發了，不像是要自殺的樣子……他幸虧還有你這樣一個朋友；人都忙，誰也管不了誰……好，再見。」

兩個多小時以後，電話響了。我接電話。

「哈囉！」

「一個中國人從洛克斐勒中心三十五樓跳樓死了！我們打聽到自殺人的名字叫約翰•張。他身上有你們的電話號碼。我們不知道那是不是就是張耀華？」

「我也不知道。」我說。

＊＊＊

他們在客廳談著張耀華的死我想著肚子裡的孩子，丹紅還不能決定是否收養孩子她一面談話一面餵阿京牛奶。想到孩子出生以後的命運——沒有根的私生子我就沒有勇氣來保住他了。丹紅收養孩子我就安心了。

＊＊＊

火車轟的一下衝過去了我突然發現我站在地下鐵路的隧道裡背後有皮鞋在水門汀上打來了。大概是戴墨鏡的人來了我在隧道裡跑起來了黑黑的隧道望不見底前面出現了一個警察。我沒有路了。他向我走來了。後面的皮鞋在水門汀上停住了我也停住了警察也停住了。三個人站得遠遠的誰也抓不著誰誰也逃不了。那一截隧道沒有出口。我不敢回頭只聽見背後的人大叫哈囉，你們聽見了嗎太空動物進攻紐約了占據帝國大廈了你們聽見了嗎？你們聽見了嗎？

＊＊＊

我和小鄧趁丹紅不在家的時候，把狗放在野餐籃子裡提出去了。小鄧說丹紅對於她的生活是無可無不可，她沒有狗就會收養孩子了，乾脆把狗幹掉吧。我倒不要她收養我的孩子，我只覺得殺狗是個新鮮玩意兒。

我們坐地下火車到醫院去，打算把狗送給醫院做實驗。

我就喜歡在地下鐵路網上穿來梭去。我從來沒有搭錯車。我知道哪輛車到哪兒去。有個人跳進車廂用外國口音問：「這車是往上城走的呢，還是往下城走的？」我回答說：「這車叫做歇托，從大中央車站到時代廣場，連貫東西的地下鐵路。」在紐約的地下鐵路上能夠給問路人肯定的回答，是天下一大樂事。

地下火車裡有許多顏色：人的膚色，衣服的顏色，廣告的顏色。「地下鐵路小姐」在大幅照片上露著白牙齒笑；照片下端有她的姓名、住址，還有履歷：「大學畢業，速記員，喜歡吃牛排和酸菜，希望有個如意郎君和五個孩子。運動：舞蹈、游泳。哥哥在越南戰亡。弟弟現在越南作戰。」

諸如此類的顏色。

小鄧在地下火車裡為我講解如何殺狗：先用乙醚使狗麻醉，電燒狗的大腦，讓狗活一段日子；然後再用乙醚使狗麻醉；剖開狗的胸腔，把大腦染色、切片；你就可以觀察腦神經的變化了。他講完了殺狗的過程就變了主意：到華盛頓大橋上去，把狗扔到赫德遜河裡！我當然贊成！

我們從地下鐵路鑽出來，買了幾根很結實的繩子，在籃子裡放了幾塊石頭，蓋子用木條封住了。狗在裡面亡命抓籃子，就像牠抓丹紅臥室的門那樣子抓法。

我們坐公共汽車經過中央公園，在沿河大道上遠遠看見華盛頓大橋弓形的燈光，狗就在籃子裡撞起來了，籃子靠在我腳邊。我的腿感覺到狗的撞力和溫暖；我肚子裡的那個小身子似乎也動起來了。還只有三個月呢。

我和小鄧站在華盛頓大橋上。赫德遜河的水黑黑地流。我提起籃子掂了一下；籃子很沉。我說：「小北京，再見吧！」我們便把用繩子吊著的籃子慢慢放到河上去。繩子在我手裡一抽一抽地抖動，一點一點地往下沉下去了——沉到水面下先是猛烈一抽，然後就逐漸微弱下去了，靜止了。

橋上的車燈一對對盯在我們身上。

＊　＊　＊

丹紅發現狗不見了，坐在沙發上不作聲。門外偶爾有一點響聲，她就坐直了身子叫：「阿京嗎？你回來了！阿京！阿京！」

她丈夫說再給她買隻狗。她說：「不用了。」

＊＊＊

我看見狗的屍體從跨院裡拖出去了青石板上有一條血印子我又聞著血腥味了。

啊鏡子裡的臉是我嗎我想哭鏡子裡的臉是笑著的牙齒磕得格格響。簡直就是個丑角。

我給丹紅寫了個條子。我殺了你的阿京我不知為何做出那樣殘忍的事我恨不得死掉。桑青。

我把條子貼在丹紅臥室門上。

＊＊＊

我給丹紅的條子不見了她大概看過條子之後就撕了。我沒臉再見她了但我需要她收養我的孩子。

＊＊＊

是我把條子撕了。你少管閒事！殺狗是我幹的事。你休想丹紅收養孩子！

＊＊＊

我一定是發瘋了。我好害怕另一個我。她專門做毀滅我的事。

＊＊＊

我突然夾在華爾街兩排灰色大樓之間，上面一條天下面一條地。我不知道我怎麼來的也不知道到哪兒去。華爾街上滿街男人多半穿黑西裝提公事皮包。戴墨鏡的人就混在他們裡面有好幾次一看見他我就閃開了。

戴墨鏡的人在人行道上對著我走來了我鑽進紐約股票交易所我鑽進電梯。戴墨鏡的人就在電梯裡。我跑不了了。他並沒有看見我他只是看著電梯的電鈕電梯一停我就鑽出去了。戴墨鏡的人又在走道上。凡是有男人的地方就有戴墨鏡的人我只有跑到女廁所裡去。我跑遍了紐約股票交易所也沒有找到一間女廁所我撞進了樓上一條半圓形鑲玻璃的走廊。站在走廊上可以隔著玻璃看下面的股票世界。在那間大屋子裡有好多人有人揮手作大叫狀有人作演說狀有人獨自闔動嘴巴有人面對面闔動嘴巴。另一個人從他們背後走上來好像是要調查什麼在一個本子上寫著有人把撕碎的紙屑扔在地上腳用力踏一下。其他的人就在屋子裡亂竄。所有的人都是喝醉了酒的樣子所有的人都朝牆望著。牆上的電動字幕閃出無數符號和數字東一下西一下不停地閃亮不停地變幻。

戴墨鏡的人也在那兒。我又跑走了我跑到地下室一個警察走上來毫無表情地問我幹什麼。我結結巴巴地說我要上廁所。對不起沒有公共女廁所他那麼說著從腰間取下一大把鑰匙挑出一把鑰匙打開一間屋子對我說那不是公共廁所但他特許我進去。他又用另一把鑰匙打開另一間屋子讓一個穿灰西裝的男人進去了。

我在廁所裡很安穩我不要出去了。警察敲門說我在裡面一個多鐘頭了應該出去了我沒作聲。過了一下門咔嚓一下打開了警察站在廁所門口。他說他以為我做股票生意破產自殺了。

＊　＊　＊

到華爾街去的是我。從華爾街回來的卻是你。

我和丹紅一道去的。她去華爾街找鐵面人。我去逛華爾街。我們坐在公共汽車裡。

「他害了阿京。」丹紅突然說。

「誰？」我問。

「Jerry。」

「你怎麼知道？」

「他嫉妒。他冷得連嫉妒的情緒也不會表現出來。但我知道是他害了阿京。他和陸達之是相反的人。陸達之年輕時候的可愛就是他有感情。大陸亂的時候，他自費到美國來了。我也從大陸追到美國來了。」丹紅淡淡笑了一下。「和他結了婚。大陸一丟，他就慌了，經濟來源斷了！他不做工，也不好好讀書，東晃西晃，要組織什麼第三勢力。我拿到Master就在紐約找到了工作。他不肯到紐約來；他不肯吃老婆飯。我們分開了一年多。再見面的時候，他的五官也變了，一臉暴戾之氣。他罵這個世界，罵這個時代，罵共產黨，罵國民黨，罵每個人。當然也罵我。他懷疑我和每一個男人睡覺，我的上司，同事；甚至看門的人！他威脅要毀我。我差點連命也丟了。從那以後我就害怕動感情的男人。我嫁給Jerry只因為他冷靜。他是第二代華僑，你知道。他好像超然於中國人的問題之上。我們第一次見面是在拉瓜第機場。我坐在候機室等飛機。他走過來問我是不是中國人。他從皮包裡拿出一疊稿子。他說那是他父親寫的文章，因為是中文，他看不懂。他以前反對父親，父親太頑固、跋扈、保守，他受不了。但是父親死了以後，他自己也有些父親的性格。他突然要認識父親；他到處找人把他的文章譯成英文；他可以從文章裡認識父親。他希望我可以幫這個忙。那是這些年來唯一一次我看見他動感情的時候。我們就那樣子認識了，結婚了！」丹紅頓了一下：「我一直不能決定收養你孩子的事。現在，我決定了。」

我望著她。

「我決定不要孩子了。」

「我從來沒有想到把孩子給任何人。」

她奇怪地望望我。「我決定離開Jerry。」

「就為了阿京嗎？」

「不是。阿京的死只是幫助我下了決心。我和Jerry的問題一直在那兒。現在我就到華爾街去和他一道吃午餐，談談我們的事。」

公共汽車在華爾街停下了。

＊　＊　＊

我照著一份雜誌上紐約市內墮胎醫生名單打了二十幾個電話終於找到了比士利醫生。他說他有一大串等候打胎的名單兩星期之內不能見我。我說打胎的事和我生命攸關求他一定設法早日見我他笑笑說打胎的女人全是那一個說法。他突然問我是哪國人我說中國人。他頓了一下子說他將盡一切可能在三天之後見我他將首先在診所為我檢查第二天在附近醫院動手術他將在醫院為我訂好病房一共收費四百元。

我打電話給一波他很高興一切安排好了他堅持付一切費用。他說他從來沒有這樣子愛一個女人。

＊　＊　＊

我告訴小鄧我絕不打胎。他說那件事應該完全由我自己決定，無論我作任何決定。他都是支持的。

我們也談到丹紅夫婦分離的事。我們決定把殺狗的事瞞下去。那件事幫助丹紅做了一個勇敢的決定。他說犧牲了一條狗命，救了一條人命那就是很人道了。他認為人只有在不斷的改變中才是活著的；而人的改變是他自己選擇的結果。他自己也要有所決定了，說過那話之後他一直是沉默的。我告訴他我如何逗鐵面人臉紅的事。他大笑說沒想到鐵面人還會有臉紅的時候，說他也要告訴我一件趣事。

「行動會議」還沒採取行動就鬧內鬨。一天晚上，小鄧開完會很是納悶，一個人到紅蔥酒店去喝酒，碰到一個美國女人：娃娃臉，婦人身子。他們喝酒、跳舞。最後她要他到她公寓去。她住在一百一十街一幢黑黑高大的「公眾公寓」。她一進屋就脫光了衣服。他和她上了床。他撫摸她。她呻吟。他突然想到漢口租界上公園門口的牌子：華人和狗不得入內；想到租界上外國巡捕打洋車夫的棍子。他的手仍然摸著她的身子。她的呻吟到了高潮。他卻對她說那是他們第一次，也就是最後一次；他從不見一個女人第二面。他那麼說著，他的手在她身上摸得更溫柔了。女人好像沒有聽見他的話，只是又哭又笑地大叫王八蛋，她從來沒有那樣子快活過。她身子猛地一抽，就靜下來了，那時候他自己興奮起來了。他鑽進她的身子。她不住嘴地說話了：床就是男人的放大鏡，男人的自我中心在床上放大了一萬倍！放心吧！她不會留住一個外國人；她和他上床只為了無聊。他仍然在她身上做運動。她拿起床頭電話和另一個男人大談男人性器官。她在電話上大笑。小鄧在她身上大叫——她的話叫他興奮，最後她對電話說：「我身上這個小支那人可有個大棒子！」小鄧突然軟下來了，從她身上翻下來。她扔了電話，說那是她生平最大的侮辱；從來沒有一個男人在她身上變成性無能。小支那人！小支那人！小支那人！她對著床上光身子的他不住地大叫。他披上衣服走了。他再不走就要扳出水手刀殺人了——他永遠帶著水手刀。

＊　＊　＊

我突然站在六樓的三十四號門口門上的牌子是婦產科醫生比士利。我推門進去候診室裡坐滿了女人多半是年輕女人她們高興地談著嬰兒出生的事。另有幾個年輕的女孩子坐在角落裡沒有說話很緊張很害羞的樣子她們大概只有十六七歲吧正是我從家裡出走在三峽探險的年齡。我在護士那兒填好病歷表走過去和那幾個女孩子坐在角落裡。一隻貓向我走來了。

我又看見桑娃了她坐在院子地上抱著白身子黑尾巴的貓，強烈的電光照在她身上我的眼睛也睜不開了……

那以後的事我就不知道了。

＊　＊　＊

我可知道！

我走去見比士利醫生只是為了好奇。他看了病歷表；診查了我的身體；發現我已經懷孕三個月了，不能用普通的刮胎法。必須施行鹽水注射法。他解釋說那種特製的鹽水注射到子宮裡去，四十八小時以後自行墮胎。那手術很危險，他不輕易施行，而且，紐約市內施行那種手術的醫院沒有空床了，等候打胎的人很多，一個月以後才輪到我，僅僅賓夕凡利亞一州每兩小時就有一個私生子；他可以給我一份市區以外的醫生名單，我若運氣好，也許可以找到一位市區以外的醫生施行鹽水注射打胎的手術。

「對不起！我已經盡了最大努力在三天之內見你，因為你是中國人。戰爭時候……」

「醫生，哪一次戰爭？」我問。

「二次大戰。我在緬甸當軍醫。我就為中國軍隊服務，我眼看著許多中國人死了。」

「我要把肚子裡的中國人保住了！」我笑著說。「我很高興已超過打胎安全期。我不打算找其他的醫生了。」

「很好。」他說了一句中文。「你是唯一我見到的因為打胎不成而高興的人。祝中國人好運！」

＊　＊　＊

我照著比士利醫生給我的名單打了四十幾個長途電話。對不起醫生休假了對不起醫生不動鹽水注射手術對不起打胎的人太多了醫生沒有空對不起對不起對不起……

* * *

我在三天之後就要回去了。我到紐約來看了一大堆鋼骨，一大堆玻璃，一大堆人——不虛此行了。

小鄧也一同回去。他在醫院的工作決定了，年薪一萬五千元。但是他突然變得很沉默，只說他的「心在發酵」。

我打電話給江一波，告訴他打胎的事不成了。他結結巴巴說不出話，最後才說：「請等一下，我要上廁所。」我大笑著把電話掛了。

丹紅和鐵面人在客廳談委託律師辦離婚的事。丹紅在一星期後到台灣去度假。也許就不回來了，她笑著說。鐵面人拿出一樣東西，好像是口紅筒子，原來是德國最新發明的照像機。他買來送給丹紅在旅途用的。他們談到日本風光。

* * *

又打了無數電話。家庭計劃新聞處終於為我在紐約州的韋且斯特找到一個醫生他除了在醫院為人打胎之外還在自己診所施行鹽水注射打胎手術每天到他診所去的就有十幾人。他不知道何時可以把我安插下去叫我等他電話。

我整天在電話旁邊等候。

晚上打電話給一波他叫我努力下去堅持下去不要擔心費用問題一千兩千他都可以負擔……我在電話上哭了他說：

Sweety, I love you very very much.

＊＊＊

我在紐約只有兩天了，必須好好逛一下子。在鋼骨和玻璃之間逛了一天，每次從地下鐵路鑽出來，就是一個新的意外：無線電城，時代廣場，都市博物館，帝國大廈，克林威治村，百老匯戲院……我又到了華爾街！

我從地下鐵路出口一鑽出來，就碰到一個人。他眼睛周圍有一圈眼眶印子，你看著他的時候，他並沒有看見你，即令是一個漂亮女人走過，他也沒有看見。我對他笑笑，沒有反應。他從紐約股票交易所出來，就在華爾街上低頭走著，很慢很慢，在那些匆忙的人之中顯得很奇怪。就為了那點好奇，我跟著他向華爾街盡頭走。

我跟他走進墓園。他坐在一塊破裂的墓碑上。天下小雨了。我在一座座墳墓之間散步。墓碑上的字跡模糊了。那兒是紐約唯一安靜的地方。我圍著墓園走了一圈。那人突然站起身。「又怎麼樣呢？」他突然說了那麼一句話，抬頭望著天。

他轉過身，看見我了，對我打了個招呼。我走過去。他說他叫高爾德柏格（是個猶太名字）。我說我就叫我。他笑了，請我和他一道吃晚餐。

我們在第五街廣場旅館的橡樹廳喝酒，三人樂隊在我們桌邊拉小提琴。他逐漸「活」起來了，叫我三浦綾子。他說在他眼裡所有的東方女人都是三浦綾子。韓戰時候他在韓國打仗，到東京去休假，他有個日本女人叫三浦綾子。我說韓戰時候我在東京帝國旅館當女招待，一心只想當電影明星，迷上一個美國大兵，他的名字叫大衛。我胡扯了一頓。他舉杯叫我三浦綾子，我舉杯叫他大衛。我們碰著杯。

我們吃完飯，他說我是個有趣的女人，把桌上的玫瑰花摘了一朵送給我，在我臉上吻了一下說：「我今天損失了一百五十萬。」

＊＊＊

我接到韋且斯特的約翰生醫生電話。他說我可以在明晚六時去他診所，那是他晚飯時間，他必須收取雙倍費用，一共八百元。我說：「對不起，親愛的醫生，我要保住我的孩子，我不來了。」

＊＊＊

我打電話給約翰生醫生求他在明晚六時見我我願意出三倍的費用我是一個絕路的外國人我必須打胎。他冷冷地說好吧但不可以再變主意。

我求小鄧開車到韋且斯特停一天再從那兒開車回去他也答應了。

我打電話給一波他也很高興他說想到我泡在水裡的樣子。

＊＊＊

好吧，就到韋且斯特去逛逛吧！

我和小鄧開車到那兒去。一路上，晴天，烏雲，雨，霧，氣候不停地變幻。水是流動的，風是流動的，光是流動的。樹葉全紅了。

車子在山坡上跑下去。兩旁是濃密的樹林。我聞著一股薰煙氣味，夾著血腥泥土和青草香，不知打哪兒來的。小鄧也聞著了。車子開下去的時候，薰煙味濃起來了；開到一扇破木柵門前面，煙子遠遠地從木柵門那一邊飄起來了。

我和小鄧下了車。

木柵門是開著的。吊著一把生鏽的大鎖。我和小鄧走進去。小路上飄著煙子。幾片葉子飄下來了，飄在臉上很濕很涼。我脫了鞋子在泥地上走，深深呼吸著薰煙，小鄧說我那一刻光彩照人。天黑下來了。煙子更濃了。

小路一轉彎就到了山谷緊底。一根很粗的煙柱子冒起來；煙柱子底下堆著泥土；泥土底下燃燒著樹枝；樹枝底下烤著豬。許多影子在那兒晃來晃去。是人是煙？分不清。站定了才看清是人；才看清那是一大塊場地，邊上有幾間小木屋。一股強烈的光在場地角上亮起來了，人都罩在光裡了。光旋轉起來了，一明一暗的扭動，一條蛇似地纏在人的身上，扭著扭著；人也扭起來了，一下子透亮，一下子又成了黑影子。人和影子全唱著「什麼也不是真的」。我和小鄧也跳起舞來。

突然，槍響了。人和影子仍然在蛇光裡跳舞。煙子罩住了整個山谷。

又是一聲槍響。

有人說槍聲是從另一個山谷發出的。有人走上山坡的小路了。我和小鄧跟著他們走，翻過小山，走下另一個山谷。谷裡有條河。河上的霧很大。河邊有幾個警察和一個女人。一道強烈的電光射到對岸一間小木屋上。

＊　＊　＊

強烈的電光照得我睜不開眼又看見桑娃抱著白身子黑尾巴的貓坐在地上。半邊身子的警察說查戶口身份證拿出來。

突然槍響了子彈吱的一下在霧裡不見了。槍又響了叭叭叭在霧裡亂竄。沒有神了沒有神了沒有神了一個絕望的聲音在霧裡大叫。喬治喬治別放槍我在這兒你的妻子在這兒喬治我愛你你跟我回家吧。女人隔著河向霧裡大叫。喬治叫著我沒有家了我沒有家了。叭叭叭的槍聲。喬治你別放槍殺人呀你放下槍桿跟我回家吧你別殺人呀喬治。我不殺人我就要殺自己呀我活不下去了沒有東西值得活下去了。喬治你放下槍走到屋子外面來吧我看不見你呀霧太大了喬治我愛你喬治……喬治呀……回家吧……喬治……

我昏倒在小鄧身上了小鄧抱著我走上山坡走出了木柵門把我放在車子裡。我問他我們如何到了山谷裡他叫我別說話好好休息一下子我們開車回家去。

小鄧把車子開得很慢很平和他拿起車座上的玻璃球搖了幾下，雪在玻璃球裡飄起來了飄在長城上了長城那兒是故鄉，我突然想起打胎的事我到醫生那兒去過了嗎我殺死了我的孩子嗎我那麼自言自語。小鄧拍拍我的肩叫我安靜下來他說我太苦了他一直不知道如何是好現在他知道了。他說我們就在韋且斯特我們曾在山谷裡跳了一陣子舞我們曾到河邊看到自囚的人開槍殺人。我並沒有到醫生那兒去也用不著去了他講到那兒就突然停住了又拿起玻璃球搖了幾下說桑青姐我要娶你我們一起回大陸我們一起為國家工作我們一起扶養孩子。孩子必須在自己的土地上長起來。我結結巴巴說不出話來我們一同望著雪裡的長城最後我才說小鄧你還年輕你不能娶一個死了的女人你不要再見我了。

＊＊＊

我一到家就打電話給江一波。打了一天也沒有回應。我希望立刻告訴他打胎的事不成了，我自己將負起一切的責任。

第二天中午我又打電話給他。

「哈囉。」他的聲音非常低。

「我回來了！懷著孩子回來了！」

「……」

「說話呀！」

「貝蒂死了。我需要你。」

「這次是真的死了嗎？」

「真的死了。Heart attack。說完就完了。現在殯儀館。明天上午下葬。我來看你。」

「不用了。」

「為什麼？我們的問題現在解決了！我很高興你把孩子保住了。」

「孩子和你無關！」

「我要我的孩子！」

「你用實驗管造個孩子吧！」我把電話掛了。

我打電話給小鄧。沒有回應。

＊＊＊

我打電話給小鄧沒有回應我要告訴他他是我唯一活下去的力量但他娶我這樣一個女人是不公平的。我已經欠他很多很多了我不能讓他犧牲太多了。我給小鄧打了一通宵電話也沒有回應他到哪兒了呢我突然害怕起來。

我去參加貝蒂的葬禮我在墓園門口遠遠看見一波站在那兒滿園子飄著黃色的葉子……。

＊＊＊

我沒有走進墓園，卻到小鄧那兒去了。他的房間是鎖著的。他的名字不在郵箱上了。不論他到哪兒去了，他會承擔那兒的一切，甚至弱點，他在內心找到了自由。因為他決定了自己的行動。

＊＊＊

我接到戴墨鏡人的電話他說下星期一路過我這兒他必須再訪問我一次因為他發現我又有些新問題了在他們作最後判決之前他必須把一切調查得清清楚楚……

＊＊＊

〔獨樹鎮訊〕前晚獨樹鎮單車道上發生一離奇車禍。一空車撞在樹上發火燃燒。一女人躺在一公里以外的路邊，並未受傷，僅失去知覺，現在聖慈醫院救治中。車禍原因不詳。女人姓名身份不詳。

我從聖慈醫院跑出來了，在報攤上看到上面一則消息。我買了一份報紙作為紀念。

【跋】
帝女雀填海

太陽神炎帝有一個女兒叫女娃。有一天，她駕著一艘小船到東海去玩。海上興起風浪把小船打翻了。女娃死在海裡。

她不甘心死。

她變成一隻小鳥，叫帝女雀，花腦袋，白嘴殼，紅腳爪，住在發鳩山上。

帝女雀要把大海填平。

她從發鳩山銜一粒小石子，飛到東海，把小石子投在海裡。她就那麼日夜不停地來回飛著，一次銜一粒小石子。

大海大吼。「小鳥兒，算了吧！就是千年萬年你也休想把我大海填平！」

帝女雀向大海投下一粒小石子。「哪怕就是百萬年，千萬年，萬萬年，一直到世界末日，我也要把你大海填平！」

東海大笑。「那你就填下去吧！傻鳥兒！」

帝女雀飛回發鳩山，又銜了一粒小石子，又飛到東海，又把小石子投在海裡。

直到今天，帝女雀還在那兒來回飛著。

一九七〇年秋完稿

一九七六年元月修正

一九八六年五月再修正

一九八八年八月再修正

【初版後記】

桑青與桃紅流放小記

聶華苓

作者要講的話，就在作品中。

小說寫完了，作者的話也講完了，用不著多講了。

但是，《桑青與桃紅》中文的出版史是值得回味的——反應了海峽兩岸的政治風雲變化。但這小說寫的不是政治，寫的是「人」。「人」不要政治，政治偏要纏他，擾他，整死他。時報出版公司即將出版的，是在台灣、大陸、香港出版的第七個版本——有大刀砍亂的版本，有小刀修剪的版本，有一字不漏的全本。在兩岸出版那一刻的政治氣候決定版本的命運。當然，香港除外，那一小片天地的氣候對於寫作的人總是溫和適人的。但願永遠如此。

小說是我在七〇年代在愛荷華寫的。一九六四年從台灣來到愛荷華，好幾年寫不出一個字，只因不知自己的根究竟在哪兒，一枝筆也在中文和英文之間漂盪，沒有著落。那幾年，我讀書，我生活，我體驗，我思考，我探索。當我發覺只有用中文寫中國人、中國事，我才如魚得水，自由自在。我才知道，我的母語就是我的根。中國是我的原鄉。愛荷華是我的家。

於是，我提筆寫《桑青與桃紅》。因為我遠在愛荷華，沒有想到任何禁忌，沒有想到是否「犯上」，沒有想到「禍」「福」的後果。我寫，因為我有話要講。我可以完全掌握作品的生命。我可以天馬行空任想像翱翔，利用各種新的舊的技巧，展開視野，寫出「人」的命運——不止是中國人的命運。《桑青與桃紅》是一篇有「野心」的嘗試。

我這麼一寫，非同小可，在台灣闖了大禍，據編輯說：「先是文藝界人士爭相攻擊，繼而市政府正式來公文責難……繼而調查局也來調查了。」他自己差一點坐牢。當然，我可以了解，小說不得不腰斬了。我惹的這麼大一場禍，是我當初寫小說時沒料到的。

但是，二十幾年了，這小說竟陰魂不散，到處流浪——一直有中文各地區的出版社出版，一直有其他國家的語言出版（美國的英文版即將再版，主編並說永不絕版；一九九〇年獲得美國書卷獎）。而且，一直到現在，褒貶不一，女性運動者說它維護女權說服力不強，西方左派說它太「黃」，有的說根本看不懂。（一位有名的數學家笑著問我：「聶華苓，你寫小說故意教人看不懂嗎？」）但是，也有文學評論家分析它在內容上的「野心」，在技巧上的「野心」，在主題上的「野心」，在形式上的「野心」。現在在美國有些研究流放文學（Diaspora），少數民族文學，女性文學，比較文學的教授學者還用來當作教學的材料。這些互相矛盾的現象也是我當初寫小說時沒有料到的。

現在，我這個作者倒成了個好奇的看戲觀眾。時報出版的《桑青與桃紅》又要上台了。喝采也好，批判也好，滿場也好，冷場也好，在我看來，都是戲，這豈不也就是我一生的戲？

我奇怪為什麼時報要出版這麼一本爭議性很大的書。主編鄭麗娥說：「好書，應該出。」很少聽到這麼乾脆、果斷、肯冒險的編輯評語。我要特別謝謝余紀忠先生，他為我向權威方面一再仗義直言、四處奔走，我才能於一九八八年又回台灣，《桑青與桃紅》才能「回鄉」。

這小說東兜西轉，歷盡滄桑，還是回到它初生的地方——台灣。因此，我特別高興。

愛荷華鹿園

一九九七陽春三月

世紀性的漂泊者
——重讀《桑青與桃紅》

白先勇

二十世紀有一個獨特的現象，歐洲、亞洲以及中南美，有不少國家，每隔一些時期，就會出現巨大的流亡潮，人數之眾，往往達數百萬，爭先恐後，逃往自由地區。這些週期性的流亡潮，跟本世紀的極權政治運動，當然息息相關。國際共產主義以及納粹法西斯政權的興起，這兩股極左極右的極權勢力，正是促使世界流亡潮的淵藪。納粹運動雖然因德國戰敗而消褪，但共產主義自從一九一七俄國革命成功驅使大批白俄奔走天涯，直到最近數萬東德人逃往西德，東歐共產國家紛起骨牌效應，這七十多年間，歐亞大陸，逃離共產政權的流亡潮一直不絕如縷。流亡人士中，當然也有為數相當可觀的作家，事實上這些作家，已經形成了一個流亡文學的傳統，在西方文學中，占有一席之地，二次大戰逃離納粹的有湯瑪斯・曼、赫塞、布萊希特，逃離共產國家的，俄國早年有布寧（Ivan Bunin），納布可夫，近期有索忍尼辛以及布洛斯基（Joseph Brodsky），當然還有東歐一大群作家，如卡內提、米瓦許、昆德拉，這些都是最著名的，且有多位是諾貝爾文學獎得主。如果加起次要作家，這份名單就非常長了。這群流亡作家，身處異城，心懷故土，其心也危，其情也哀。他們思想深刻，下筆沉鬱，有意無意間，總流露出一股流放心靈徬徨無依的痛楚，他們的文學往往感人至深。

中國人是個鄉土觀念特別重的民族，去國離鄉，一向被視為人生一大悲哀，而中國文學傳統中，從遠古開始，詩經〈采薇〉、〈東山〉，楚辭〈哀郢〉、〈離騷〉，逐臣遷客，遊子戍人，一直是我們詩歌中的重要人物。我們悠久而又多難的歷史過程，幾次民族大遷徙大流離，西晉東遷，宋人南渡，都曾激勵無數文人寫下震古月鑠今的華章，把我們民族離鄉背井亡國喪邦的哀痛，記錄下來。然而那幾次的大動盪，無論如何劇烈，人民流徙的範圍，總還不出中國大陸本土，其間只有明末鄭成功率眾渡海赴台，中國人民才算首次因避亂而脫離大陸母體。可是本世紀中期，由於共產主義在中國興起，共產黨在大陸成功的奪取了政權，中國人民的流亡潮，從一九四九年開始，人數以百萬計，紛紛逃離中國大陸，到香港、到台灣、到世界各個角落，規模之大，散布之廣，流亡時間之悠長，皆是史無前例的。而這次中國人的流亡，從整個歷史看來，亦是二十世紀流亡潮的另一章，而流亡在外的中國作家，當然也就創造了中國式的流亡文學，一方面繼續了自屈原〈離騷〉以來感時憂國的中國傳統，另一方面，也加入了二十世紀中國人受了西方影響的文學感性。早期隨著國民政府有大批作家到了台灣，中間間或也有個別作家零星逃離大陸，如張愛玲，而到最近「六四」北京屠城，又有為數可觀的中國大陸作家羈身海外，一夕間變成了有家歸不得的流浪者，以詩人北島等人為首，最近甚至組織了「中國流亡作家聯盟」。

可以想見，中國二十世紀流亡文學又將有了新的面貌。七〇年代初，聶華苓的長篇小說《桑青與桃紅》問世，可說是道道地地屬於中國流亡文學這個傳統的，因為這本小說的主旨，就在描述二十世紀中國人因避秦亂，浪跡天涯的複雜過程。我在一九七四年的一篇論文〈流浪的中國人——台灣小說的放逐主題〉（註：原文為英文，周兆祥譯）中曾如此評論過這本小說：

「《桑青與桃紅》以近代中國政治動亂的時代為背景，敘述主角人格分裂的悲劇，『桑青』、『桃紅』其實同為女主角的名字，代表她兩種身分，整個故事正是她人格上分裂蛻變的經過。故事開始時她是桑青，一個中國內地的女孩子，一片純真，到故事結尾時她變成了桃紅，一個不折不扣的縱慾狂人，由美國中西部遊蕩至紐約。聶華苓並非單是刻劃一個性狂態者的病歷身世，這篇小說不是只宜作心理病理學臨床個案研究，作者其實以此寓言近代中國的悲慘情況，說明中國政治上的精神分裂正像瘋者混亂的世界。在紐約桃紅所住的房子中，牆上塗著一些標語：

『誰怕蔣介石？

誰怕毛澤東？
Who Is Afraid of Virginia Woole（誰怕吳爾芙）？』

旁邊還有一幅超現實主義式的淫畫，中有巨大陽物矗立地上，做為桑青的墓碑，紀念她象徵式的死亡。表面看來這可謂荒誕不經，但那標語卻包含了全篇小說所要指出的事實：毛與蔣不用說各執一端政治理論，成為近代中國分裂之源，這半個世紀的政治理論鬥爭，撕裂了中國人的內心，令他精神破碎，精力頹竭，無路可逃，只好躲進荒謬者的世界，也只有在那裡，政治教條才失去意義。」

《桑青與桃紅》的出版過程相當崎嶇複雜。一九七一年在台灣報上連載時，遭到腰斬的命運，據說是因為政治原因。後來這本書在中國大陸出版時，蒐集了前三章，第四章卻被刪去，因為這一部分太「黃」，八〇年代初大陸的出版尺度吃不消。《桑青與桃紅》可說是本相當惹事的書，左右不逢源。然而如果我們仔細認真的研讀一下《桑青與桃紅》，「政治」與「色情」其實並不足以構成此書遭受杯葛的原因。首先《桑青與桃紅》並不是一本政治小說，政治小說起碼應該有一個政治理念或者政治意圖作為後盾，例如歐威爾的《一九八四》是反極權的政治小說，杜斯妥也夫斯基的《群魔》是反俄國虛無黨的政治小說，甚至茅盾的《子夜》也可以說是一本反資本主義的政治小說，但《桑青與桃紅》並沒有政治企圖，反對任何主義。的確，書中描寫到主角桑青逃共產黨、逃國民黨，但她也逃日本人、逃美國人，事實上桑青的命運相當能夠反映大半個世紀以來，許多中國普通老百姓的遭遇——經常在逃難，逃完日本人，又要逃共產黨，有些人跟國民黨搞不好又逃到美國去，即使到了美國，還不一定過得了聯邦調查局的關。

「六四」以後，大批中國留學生為了留在美國，就像桑青一樣，又得絞盡腦汁跟美國移民局鬥法了。世紀的漂泊者，這就是流亡海外中國人的命運，也就是桑青的命運。當然，這本書犯忌的地方是有的，譬如第二部寫大陸淪陷前夕，北平兵臨城下，人心惶惶。又如第三部寫桑青一家人在台灣被通緝，讓人感到警特四布，隔牆有耳。這本書不是自傳體小說，但作者的經歷卻必然會影響到她創作時的感受。聶華苓曾擔任《自由中國》文藝欄編輯，《自由中國》當然是五〇年代台灣最有力的反對聲音，雷震一案，聶華苓也受到波及，家中曾遭警總搜查。這種「恐怖經驗」，當然也會有形無形滲入了小說中，增加了小說的真實感。八〇年代末，台灣門戶大開，已經百無禁忌，因此，現在來看這本小說，政治因素實已不值大驚小怪了。

至於色情部分，倒是有些人看滑了邊。文學中的色情，本來就很難下定義，大約能稱為色情文學的，其中有關性愛部分，總有煽情作用吧。而且色情文學，也可能是藝術成就很高的作品。《金瓶梅》和《查泰萊夫人的情人》都是色情小說，但卻是偉大的文學作品。《桑青與桃紅》中有關性的描寫，我想作者有其特別企圖的，她想藉主角的人格分裂，桑青漸漸變成桃紅——一個放浪形骸，道德破產的女人，來反映中國傳統社會價值崩潰的亂象。因此，我們看到主角（桃紅）最後生張熟魏，人盡可夫，不僅不會感到色情的挑逗，而且還生一股不寒而慄的悲哀。《桑青與桃紅》事實上是一部相當悲觀的作品，甚至帶有虛無色彩。寫到二十世紀中國人飄泊的命運，恐怕也很難樂觀得起來。

其實這本書的小說形式，恐怕倒是比較容易引起爭議的地方。《桑青與桃紅》時空的跨度異常遼闊，由抗日、內戰、遷台，一直寫到美國，大概有四分之一世紀，而小說四部分的背景則分別為四川瞿塘峽、北平、台北，以及美洲新大陸。這樣複雜的內容如果用傳統史詩的形式，可能寫成一部上千頁的流亡四部曲。但聶華苓完全放棄了編年體的敘述方式，而採用印象式（impressionistic）的速寫，每一部只集中在一個歷史轉捩點上，抗戰勝利前夕、北平淪陷的一刻等等，以濃縮時間，來加強戲劇效果。而小說的情節也沒有連貫性，作者對於主題的闡述，無疑大量借重了象徵。前三部，每部都有一個中心意象：〈瞿塘峽〉是一艘逆流而上的船舟，作者花了大量篇幅描寫逆水行舟的艱辛，如果這段險象環生的旅程，不深一層暗示中國國運步履維艱，那麼這本小說只是一本浮面描寫的自然主義的作品了，這顯然不是作者的企圖。第二部——〈北平〉中，那堵搖搖欲墜的九龍碑，當然象徵著舊社會的全面崩潰瓦解。至於第三部中的「閣樓」，可能歧義較多：台灣五〇年代風雨飄搖像一座危樓，歐威爾式的隔牆有耳等等都有可能。聶華苓顯然選擇了一種不太容易討好的小說形式來寫《桑青與桃紅》，然而習慣於閱讀西方現代主義文學作品的讀者，對於《桑青與桃紅》中比較晦澀的部分，應該不會感到困難吧。

《桑青與桃紅》近年來譯成了英文以及其他歐洲語文版。據說東歐人反應比較熱烈，這很自然，因為東歐的流亡潮方興未艾。西方的文評，左派認為這本小說不夠「政治」，女性主義者認為此書對女權運動貢獻不大，可見這本書在國外也是容易引起爭議的。一九八八年，《桑青與桃紅》終能在台灣以全貌問世。重讀這本小說，「六、四」以後，桑青－桃紅的飄泊命運，似乎又有了新的意義。

——原載一九九〇年一月九日《中國時報・人間副刊》。並於一九八九年十二月發表於《九十年代》，現收錄爾雅叢書《第六隻手指》。

重劃《桑青與桃紅》的地圖

李歐梵

《桑青與桃紅》第一部首頁附有一張美國中西部的地圖，是桃紅寫給移民局的第一封信的說明：

「我就在地圖上那些地方逛。要追你就來追吧。反正我不是桑青。……到了一站又一站，沒有一定的地方。我永遠在路上。」

這幾句話所顯示的當然是流放（exile）的主題。當我初讀此書的時候，大概是在七〇年代吧，滿腦子都是流放和疏離意識，以及由此而生的自我認同的困擾。讀完此書後，我感慨萬千，覺得自己又是桑青，又是桃紅，但又與兩者不盡相同（我畢竟還是男人）。我也是一個因留學而「自我放逐」在美國的中國人，雖生在大陸，但並不能認同大陸的中國，而對台灣的情結仍然是千絲萬縷，後來拿到學位在美國教書的時候，竟然也發生了居留問題，心裡無數次想寫信給移民局官員解釋並抗議，最後還是在一氣之下，一走了之，到香港教書去了。（後來又重回美國，那是後話。）記得在整理行裝的時候，找到了幾張美國地圖，我那時還不會開車，每次搭朋友的順風車去各地旅遊時，都自充看地圖的嚮導，也就和地圖結下了不解緣。因看美國地圖而引起的疏離和無根感，與桃紅的心態頗有些相似之處。

然而我當時畢竟太年輕；心目中並沒有繪出桑青的地圖——「祖國」的千山萬水，大好河山，我雖有動亂時抗戰逃難的記憶，但覺得它是夢魘，不願意多想，卻反而因「無根」而故意去研究美國文化，這是一種頗為矛盾的心理。看完了《桑青與桃紅》，使我心中頓時又充實了很多，桃紅雖在逃亡，後面還有想像中的追兵（移民局官員），但她也帶回一個「她者」——桑青，因為這兩個人物本是「雙重性格」的同一人。我感到桃紅的虛空是「虛」的，甚至是虛構的，而她的前半生——桑青的經歷，才是紮紮實實的歷史，是二十世紀中國知識份子顛沛流離的真實的見證。所以，我當時認為桃紅向移民局交代的證據——桑青的日記——其實就是中國近代史。而移民局又有哪個官員真正懂得中文，更遑論對中國近代史有興趣？

於是，我似乎又從桃紅轉向桑青，從小說走回歷史，開始研究中國了。然而，我又不能像大部份保釣運動的領袖一樣，為了對台灣的不滿而認同中共，作紅色的夢。（我想桃紅也可能走向這條路）。於是，我的另一個「認同危機」又應運而生了。

以上這些瑣碎的回憶，只是為《桑青與桃紅》作個見證，因為它為我這一代，和較早一代的留學生勾繪出一個動人的心路歷程。那張美國地圖，其實是有象徵作用的，它表面上所標誌的是美國的中西部，但是背後所顯示的卻是流亡美國的中國知識份子心目中的中國：它既是歷史，也是神話。這一種從心理或文化角度對地理和空間的描述，目前文學理論家常用一個字來形容：「remapping」——重新繪製心目中的「地圖」，也就是對原來的情境作一個新的解釋。

真沒有想到，《桑青與桃紅》這本書也歷盡滄桑，每次出版，似乎部引起一陣風波，而這本書的意義，也隨時代的變遷而不同。因此，我也數次作詮釋上的調整，不停的作「remapping」。七〇年代初出版的時候，它的意義是政治性的。（在《聯合報》連載的中途被禁。在藝術上是「先鋒」性的，因為它的敘事技巧和心理分剖方法，都和我們當時所讀的西洋小說和文學理論不謀而合。對留學生讀者而言，它又是「認同混淆」的見證和考驗。到了八〇年代，女權和女性主義抬頭，這本小說又被視作探討女性心理的開山之作。我記得讀過一篇書評，是一位美國女權主義的學者寫的，她批評「這本小說的思想還不夠前進」，兩女主角的「雙重人格」心理問題，到了八〇年代反而認為是老調了，當然，在這篇書評中，對於中國近代史隻字不提，更談不到知識份子的認同問題。然而，不知不覺之中，這本書仍然在冥冥之中牽引著我，使我認識它的作者聶華苓女士，而且在八〇年代末期，竟然變成了她的女婿。記得我時常在週末從芝加哥開車到愛荷華，車上也帶了地圖，但開慣了，那條八十號公路，我瞭如指掌，哪裡可以停車加油，哪裡有麥當勞漢堡可吃，哪裡有好風景可看，我都記得清清楚楚。從芝加哥開車向西走，開始時路上有走不完的人和開不完的車，快過愛荷華邊界時，人和車都少多了，四周的田野廣闊無比，「一道又一道的地平線在後面闔上了。一道又一道的地平線在前面升起來了。」我雖沒有像桃紅一樣把車速開到每小時一百里，但心情卻迥然不同，非但不感到失落，而且還頗為「落實」。也許，正如我對這段路的地圖瞭如指掌一樣，我對美國這塊土地——特別是中西部，也開始有相當程度上的認同，而華苓似乎更是如此，她在八〇年代所寫的《千山外水長流》，就和《桑青與桃紅》大異其趣。我們都在下意識之間作了另一次的「remapping」。

到了九〇年代，使我最料想不到的是：幾乎不約而同的，幾位在美國大學教中國文學的教授朋友都採用這本小說作教科書，而研究亞美（Asian-American）文學的學者，最後也「發掘」了這本小說並肯定它的價值。這一次，《桑青與桃紅》又從「女性主義」走入所謂「Diaspora」研究的領域。這個字原指猶太人流散移居到其他國家，目前的用法，似乎泛指從原籍國移居他國的移民。這個現象，在二十世紀末期更形顯著，移民潮一波又一波，就美國而言，近二十年移民來的亞洲美國人，都變成了Diaspora的成員。這些新移民與過去不同的是：他們與原來「祖國」的關係並沒有隔斷，而且來往頻繁，因此，他們也都是「雙語」和「雙重文化」的實踐者。於是，《桑青與桃紅》又被視為這一方面的始作俑者，因為早在七〇年代這本小說就在探討移民問題了，而且，它所代表的正是「雙重個性」所涵蘊的雙重文化和語言。從散居移民的立場再來詮釋這本小說，我再次領悟到桃紅給移民局官員的信的特別意義：她是在向所在國解釋為什麼要從祖國離散。桃紅寫到第四封信時，又附了一張地圖，但仍然無法解決她的認同和歸宿問題，地圖愈詳盡，她愈失落。「到了一站又一站，沒有一定的地方。」

然而，到了二十世紀末，離散和移居已成了常態，大家的身邊和心裡都攜帶了好幾張地圖，而且，交通方便，來來往往走多了，路也熬了，並不感到失落。如果桑青／桃紅還活著，我想她也不致於感到隔絕了吧？說不定早已變成美國公民，在中、西部都買了房子定居，成家立業，也不需要再向移民局官員寫信了，倒是會時常寫信給大陸離散已久的親戚朋友。

在這個世界性的移民大地圖中，我們都是桑青與桃紅的子孫。值得我們慶幸的是，這本小說終能經得起時代的考驗而永垂不朽。

一九九七年四月一日寫於波士頓大雪之夜

聶華苓年表

一九二五年

・一月十一日，出生於湖北省武漢市，祖籍湖北應山（現廣水市）。

一九三四年

・十二月，父親聶洸於貴州任官期間遭中共紅軍槍斃。

一九三八年

・八月，為避日軍侵略，舉家離開武漢，後前往重慶郊區三斗坪避難。

一九三九年

・本年，就讀湖北恩施中學，

一九四〇年

・本年，為了公費，與同學流亡至四川，考入長壽國立第十二中學就讀。

一九四三年

・六月，畢業於四川長壽國立第十二中學。

一九四四年

・本年，考入原址南京，抗戰時暫遷至重慶的中央大學經濟系，後轉入外文系就讀，一九四六年隨學校復員至南京就讀。期間閱讀大量文學作品，尤愛老舍的小說和曹禺的戲劇。

一九四八年

・六月，畢業於南京中央大學外文系。
・十二月，與中央大學同學王正路在北京成婚。
・以筆名「遠方」發表第一篇散文〈變形蟲〉於《南京雜誌》。

一九四九年

・五月，帶著母親、弟弟及妹妹，一家五口渡海來台。
・本年，經李中直介紹擔任《自由中國》編輯部稿件管理工作；後擔任編輯委員及「文藝欄」主編，與雷震、殷海光、戴杜衡等人共事，並於「文藝欄」開啟純文學創作的風氣，刊行梁實秋、林海音、吳魯芹、陳之藩、余光中等多位作家的作品。期間也陸續發表〈憶〉、〈葛藤〉、〈一顆孤星〉等小說與散文，以及〈我們如何爭取世界〉（J.F.Morse著）……等譯作。

一九五一年

・擔任空軍的弟弟聶漢仲飛行失事，意外喪生，年僅二十五歲。

一九五三年

・五月，第一本中篇小說《葛藤》由台北自由中國雜誌社出版。

一九五六年

・十月二十日，發表〈高老太太的週末〉於《文學雜誌》第一卷第二期。

一九五七年

・本年，發表〈母親的菜〉、〈海濱小簡〉、〈珊珊，你在哪兒？〉等作品於《聯合報》、《文學雜誌》等刊物。

・丈夫王正路赴美，兩人就此分道揚鑣，並於一九六五年離婚。

一九五八年

・發表〈雙龍抱柱〉、〈樂園之音〉等作品於《聯合報》。

一九五九年

・本年，發表〈山中小簡——溪邊〉、〈寂寞〉、〈中根舅媽〉等作品於《聯合報》、《文學雜誌》、《文星》等刊物。

・短篇小說集《翡翠貓》由台北明華書局出版。

・中譯小說《德莫福夫人》（亨利詹姆士著），由台北文學出版社出版。

・本年，短篇小說集 *The Purse*（《李環的皮包》）由香港 Heritage Press 英譯出版；一九六五年葡萄牙文版由智利 Editora Globe 出版。

一九六〇年

・九月四日，《自由中國》遭查封，雷震、傅正、馬之驌、劉子英四人被捕。

・發表譯作〈深夜〉（曼斯菲爾著）、〈遺悲懷〉（紀德著）等於《聯合報》。
・譯著《美國短篇小說選》，由台北明華書局出版。
・長篇小說《失去的金鈴子》由台北學生書局出版。

一九六一年

・十二月二十日，發表〈苓子是我嗎？〉於《聯合報》。

一九六二年

・春，應台靜農之邀至台灣大學教授小說創作；後應徐復觀之邀至東海大學，和余光中共同教授一門創作課程。
・夏，擔任《現代文學》主編。
・七月，譯著 *Eight Stories by Chinese Woman*（《中國女作家小說選》），由香港 Heritage Press 出版。
・十一月二十五日，母親因肺癌逝世。
・十二月，發表〈寄母親第一封信〉、〈寄母親第二封信〉、〈寄母親第三封信〉於《聯合報》。

一九六三年

・六月，發表〈松林坡與美國文學〉、小說〈月光・枯井・三腳貓〉於《聯合報》。

・夏，於駐台美國領事館舉行的酒會與美國詩人、愛荷華大學「寫作工作坊」（The University of Iowa Writers' Workshop）主持人保羅・安格爾（Paul Engle）相識。
・短篇小說集《一朵小白花》由台北文星書店出版。
・散文集《夢谷集》由香港正文出版社出版。

一九六四年

・秋，赴愛荷華大學擔任「作家工作坊」顧問、寫作和翻譯工作。

一九六五年

・入修愛荷華大學「作家工作坊」。

一九六六年

・獲愛荷華大學「作家工作坊」文學藝術碩士

一九六七年

・八月，與安格爾共同創辦愛荷華大學「國際寫作計畫」（International Writing Program）。每年邀請台灣在內的世界各國作家赴美訪問數月，藉由寫作、朗讀、座談、旅行等活動進行交流。

一九七〇年

・十二月，於《聯合報》副刊連載長篇小說〈桑青與桃紅〉，因部分內容遭警備總部質疑夾帶不利政府的思想，刊至隔年二月六日遭台灣政府當局禁止刊行，後於香港《明報》月刊繼續連載。

・譯著《牽著哈叭狗的女人》（契訶夫等著），由台北大林出版社出版。

一九七一年

・五月十四日，與安格爾在愛荷華結婚。

・譯著《遺悲懷》（紀德著），由台北晨鐘出版社出版。

一九七二年

・九月，與安格爾合譯 *Poems of Mao Tse-Tung*（《毛澤東詩詞》），由美國 Simon and Schuster 出版。

・本年，擔任愛荷華大學東亞系系主任。

・本年，*A Critical Biograph of Shen Tsung-wen*（《沈從文評傳》）由紐約 Twane Publishers 出版。

一九七四年

・春，返台停留五天，與出獄四年的雷震會面，並遭政府當局監視，後受政治因素影響，遭禁止抵台。

一九七六年

・十二月，長篇小說《桑青與桃紅》由香港友聯出版社出版。

一九七七年

・榮獲科羅拉多大學（University of Colorado）、可歐學院（Coe College）、杜布克大學（University of Dubuque）三校榮譽博士學位。

・安格爾自「國際寫作計畫」退休，由聶華苓接手主持。

・世界各國三百多名作家共同提名聶華苓與安格爾為諾貝爾和平獎候選人。

一九七八年

・五月，與安格爾及女兒返中國北京探親，拜訪夏衍、曹禺、冰心等作家，並於各地進行專題演講。

・十二月，台美斷交，台灣作家因而喪失赴美參與「國際寫作計畫」資格，後因聶華苓、安格爾積極向各大企業募款，台灣作家方能持續赴美進行文學交流。

一九七九年

・九月十四—十七日，於愛荷華大學藝術館聚集世界各地的華人作家，舉辦「中國週末」文會，共同探討華語文學創作問題。

一九八〇年

・三月，短篇小說集《台灣軼事》由北京北京出版社出版。

・八月，短篇小說集《王大年的幾件喜事》由香港海洋文藝出版社出版。
・十二月，散文集《三十年後——歸人札記》由湖北人民出版社出版。

一九八一年

・四月，發表〈關於改編《桑青與桃紅》〉於《文匯月刊》一九八一年第四期。
・六月，散文集《愛荷華札記——三十年後》由香港三聯書店出版。
・六月，編譯 *Literature of the Hundred Flowers*（《百花齊放文集》），由 Columbia University Press 出版。
・擔任美國紐斯塔國際文學獎評審委員。
・譯著美國短篇小說集《沒有點亮的燈》，由北京出版社出版。
・小說《桑青與桃紅》英文版由美國紐約 Sino Publishing Company 與北京新世界出版社聯合出版；其後此書亦被翻譯為南斯拉夫、匈牙利、荷蘭、南韓等語言出版。

一九八二年

・六月，與安格爾同獲美國五十州州長所頒發之「文學藝術傑出貢獻獎」。
・擔任美國紐斯塔國際文學獎評審委員。

一九八三年

・九月，散文集《黑色，黑色，最美麗的顏色》由香港三聯書店出版。

一九八四年

・十二月，長篇小說《千山外，水長流》由四川人民出版社出版。

一九八六年

・與弟弟聶華桐展開返鄉之旅，自重慶乘船而下，尋找抗戰期間流離各地的記憶。
・榮獲北京廣播學院榮譽教授。
・本年，散文集《黑色，黑色，最美麗的顏色》由廣州花城出版社、香港三聯書店聯合出版。

一九八七年

・七月，囿於政治因素，聶華苓被禁止抵台，女兒王曉藍代替其返台探望親友，並發表〈二十二年，重回台灣〉於《九十年代》十月及十一月號。
・本年，擔任美國紐斯塔國際文學獎顧問，至一九八八年。

一九八八年

・三月十二～十五日，發表小說〈死亡的幽會〉（一）～（三）於《中國時報》。
・四月二十二日，發表〈六〇年代／梁實秋〉於《中國時報》。
・五月三日，經余紀忠邀請，與安格爾重訪台灣，走出「政治黑名單」的陰影，《中國時報》同時以大篇幅報導聶華苓返台消息。

・五月四日，與潘人木、陳幼石、張曉風、簡媜、廖玉蕙等十餘位女作家舉行「茶話會」，探討大陸文壇情況。

・五月八日，與安格爾參加由高信疆、柏楊、陳映真、瘂弦等人共同創辦的「美國愛荷華大學國際寫作計畫在台作家聯誼會」成立大會。

・五月，發表〈與自然融合的人回歸自然了——台北旅次驚聞沈從文辭世〉、〈臨別依依／台北印象〉、譯著〈又回台灣〉（安格爾著）等於《中國時報》。

・八月二二日，發表〈桑青與桃紅流放小記〉於《中國時報》第十八版。

・八月，自「國際寫作計畫」退休，並繼續擔任顧問。

・八月，長篇小說《桑青與桃紅》自一九七〇年在台灣被禁止刊行，事隔十餘年後，由台北漢藝色研文化公司首度在台出版。

・十一月二十五～二十六日，發表〈布拉格的冬天〉於《中國時報》。

・十二月，發表〈親愛的爸爸媽媽——三百孩子最後的呼喚〉、〈聽來的笑話〉於《中國時報》。

・十二月，《三十年後——夢遊故園》由台北漢藝色研文化公司出版。

一九八九年

・擔任上海復旦大學顧問教授

・發表〈俄羅斯民族的悲愴——我所見到的諾貝爾文學獎得主布洛斯基〉、〈怎一個情字了得〉、〈和一位放逐的蘇聯作家談放逐〉、〈舊時路——懷念雷震先生〉、〈全世界都睜亮了眼睛在看〉等作品於《中國時報》。
・榮獲匈牙利政府頒發的「文化貢獻獎」。

一九九〇年

・一月八日，發表〈哈維爾的啟示〉於《中國時報》第二十七版。
・一月，由Beacon Press所出版的美國版《桑青與桃紅》榮獲一九九〇年「美國國家書卷獎」。
・二月，發表〈俄羅斯散記〉系列文章於《中國時報》。
・九月，與安格爾應邀赴漢城參加世界詩人大會。
・十一月二十四日，發表〈悼念台靜農先生〉於《中國時報》。
・十二月，散文集《人，在二十世紀》由新加坡八方文化公司出版。

一九九一年

・三月二十二日，丈夫安格爾於芝加哥奧海爾機場候機飛往歐洲時，因心臟病發猝逝。
・三月二十七日，發表〈永遠活在安格爾家園〉於《聯合報》第二十五版。
・八月十一日，榮獲波蘭政府頒發的「國際文化貢獻獎」。

・十月，散文集《聶華苓札記集》由高雄讀者文化公司出版。

一九九二年

・發表〈江水啊流啊流〉、〈霧夜牛津〉、譯著〈有一枝筆——評論安格爾的語錄〉於《中國時報》。

一九九四年

・九月，短篇小說集《珊珊，你在哪兒？》由北京中國人民大學出版社出版。

・發表〈鹿園情事〉系列文章、〈安格爾軼事〉系列文章於《中國時報》、《聯合報》等刊物。

一九九五年

・持續發表〈安格爾軼事〉系列文章於《中國時報》。

・發表〈高伯母，你莫走！〉、〈情事二題〉、〈浮游威尼斯一九八七〉等作品於《中國時報》、《聯合報》等刊物。

一九九六年

・三月二日，發表〈夏道平的微笑〉於《中國時報》。

・三月，散文集《人景與風景》由西安陝西人民出版社出版。

・六月，散文集《鹿園情事》由台北時報文化公司出版。

．七月一～二日，發表〈雷震說：我有何罪〉（上）（下）於《中國時報》。

一九九八年

．一月，發表〈失去金鈴子的年代〉於《聯合文學》第159期。

．五月，發表〈再走上另一段旅程〉於《九十年代》第340期。

二〇〇〇年

．一月八日，發表〈癡情嘆息讀《應答的鄉岸》〉於《聯合報》。

．一月，自傳《黑色，黑色，最美麗的顏色——聶華苓自傳》由南京江蘇文藝出版社出版。

二〇〇一年

．七月，發表〈小說的實與虛——以《桑青與桃紅》為例〉於《明報月刊》第427期。

二〇〇二年

．三月十四日，發表〈母親的告白〉於《聯合報》。

．四月二十八日，發表〈放在案頭的一封信〉（紀念余紀忠先生專輯）於《中國時報》。

．十一月四日，發表小說〈真君〉於《聯合報》。

二〇〇三年

．發表〈彩虹小陽傘〉、〈我的戲園子〉、〈雷震與胡適〉等作品於《聯合報》。

二〇〇四年

・一月，自傳《三生三世》由天津百花文藝出版社出版。

二〇〇六年

・發表〈我家的彩虹〉、〈驀然回首——有序為證〉、〈牆裡牆外〉、〈三生三世〉、〈拈花人〉、〈戈艾姬和卡梨菲——我的猶太和巴勒斯坦朋友〉、〈泰皓瑞——一則愛情與政治的故事〉等作品於《聯合報》、《中國時報》、《人間福報》等刊物。

・九月，發表〈《桑青與桃紅》與《三生三世》〉於《上海文學》二〇〇六年第九期。

二〇〇七年

・九月，影像回憶錄《三生影像》由香港明報出版社出版

・發表〈廢址——戰爭歲月〉、〈郭衣洞和柏楊〉、〈回不了家的人——劉賓雁二三事〉等作品於《聯合報》及《中國時報》。

二〇〇八年

・一月，散文集《楓落小樓冷》由南京江蘇文藝出版社出版。

・六月，影像回憶錄《三生影像》由北京三聯書店出版。

・十月，日文版《三生三世》由東京藤原書店出版。

・發表〈東西一才子〉、〈柏楊，我的朋友——兼記余紀忠先生〉於《中國時報》。

・獲選入愛荷華州婦女名人堂（Iowa Women's Hall of Fame）

二〇〇九年

・八月十五～十六日，返台參加紀念殷海光逝世四十週年及雷震逝世三十週年的兩天討論會「追求自由的公共空間：以《自由中國》為中心」

・八月十七日，於總統府獲總統馬英九頒授二等景星勳章，並發表演說〈今天，我回來了〉。

・八月二十二日，榮獲馬來西亞花蹤世界華文文學獎。

・十月一日，發表〈浪子歸宗——花蹤世界華文文學獎致詞〉於《聯合報》。

・十一月，發表〈今天，我回來了〉於《印刻文學生活誌》第六卷第三期。

・十一月五日，至香港訪問。

・十一月十日，榮獲香港浸會大學榮譽文學博士。

・小說《桑青與桃紅》由香港明報月刊、新加坡青年書局聯合出版。

二〇一一年

・四月，《三輩子》由台灣聯經出版公司出版。

・十二月，獲頒台灣第一屆全球華文文學星雲獎「特別獎」

二〇一二年

十月愛荷華大學頒發「國際影影響獎」International Impact Award.

二〇一三年

・九月十六日，台灣中央大學在愛荷華大學授與榮譽博士學位。

二〇一九年

・《桑青與桃紅》新世紀珍藏本由時報出版社出版。

二〇二二年

・一月，《沈從文評傳》由北京聯合出版公司出版。

新人間叢書 296

桑青與桃紅

作　者—聶華苓
執行主編—羅珊珊
校　對—吳如惠、羅珊珊
行銷企劃—王小榍

編輯總監—蘇清霖
董事長—趙政岷
出版者—時報文化出版企業股份有限公司
108019台北市和平西路三段二四〇號四樓
發行專線—（〇二）二三〇六—六八四二
讀者服務專線　〇八〇〇—二三一—七〇五
（〇二）二三〇四—七一〇三
讀者服務傳真　（〇二）二三〇四—六八五八
郵撥　一九三四四七二四時報文化出版公司
信箱　10899臺北華江橋郵局第99信箱
時報悅讀網　http://www.readingtimes.com.tw
思潮線臉書　https://www.facebook.com/trendage/
時報出版愛讀者　http://www.facebook.com/readingtimes.fans
法律顧問—理律法律事務所　陳長文律師、李念祖律師
印　刷—紘億印刷有限公司
初版一刷—二〇二〇年二月七日
初版三刷—二〇二一年九月十九日
定　價—新台幣三八〇元
（缺頁或破損的書，請寄回更換）

時報文化出版公司成立於一九七五年，
並於一九九九年股票上櫃公開發行，於二〇〇八年脫離中時集團非屬旺中，
以「尊重智慧與創意的文化事業」為信念。

桑青與桃紅／聶華苓著. -- 二版. -- 臺北市：時報文化，2020.01
面；　公分. --

ISBN 978-957-13-8075-9（平裝）

863.57　　108023397

ISBN 978-957-13-8075-9
Printed in Taiwan